형산,
시의 산을 오르다

이 책은 2007년 정부재원(교육인적자원부 학술조성사업비)으로

한국학술진흥재단의 지원을 받아 연구되었음(KRF-2007-A00032)

형산,
시의 산을 오르다

심우영 지음

이담
Books

　　중국과 정식 외교가 체결된 지 올해로 20년이 되었다. 그동안 중국을 다녀온 한국 관광객은 수를 헤아릴 수 없을 정도로 많다. 공식 통계를 보면, 2011년 한 해 430만 명이 중국을 다녀왔다고 한다. 이 중 가장 선호하는 곳으로는 호남성의 장가계張家界이고, 최근 급부상하는 곳으로는 사천성의 구채구九寨溝이다. 두 곳 모두 수려한 자연경관으로 유명하다.

　　1996년에 결성된 우리 답사팀(일명 상명대학교 중국 답사팀)은 매년 여름과 겨울 방학을 이용하여 중국의 각 지역을 답사하는데, 2000년대 초 장가계와 구채구를 갈 때 하루 종일 승합차에서 고생한 기억이 생생하다. 하지만 지금은 장사長沙에서 장가계까지 고속도로가 뚫렸고, 구채구 부근에는 황룡黃龍공항이 문을 열었다. 어쩌면 우리 돈으로 중국의 기간산업을 발전시킨 꼴이다.

　　그래도 우리는 가야 할 곳이 많다. 특히 인자요산仁者樂山이라 하여 중국의 산을 많이 찾는데, 우리에게 가장 널리 알려진 산은 황산이고, 산동성을 가면 태산, 사천성을 가면 아미산, 낙양 지역을 가면 숭산을 찾는다. 하지만 중국의 오악五嶽이 어떤 산인지 아는 사람은 많지 않다. 동악은 태산, 서악은 화산, 남악은 형산, 북악은 항산, 중악은 숭산이다.

이 책은 남악인 형산을 대상으로 하였는데, 이곳을 다녀간 유명 시인묵객들을 보면 당대의 두보杜甫·한유韓愈·유종원柳宗元, 송대의 황정견黃庭堅·호안국胡安國·주희朱熹·장식張栻, 명대의 담약수湛若水·장거정張居正, 청대의 왕부지王夫之·위원魏源·담사동譚嗣同 등이다. 이백李白은 남악에 간 적은 없지만 인구에 회자되는 몇 편의 시를 남겼다. 이외에도 무수한 사람들이 시를 남겼지만, 인구에 회자되는 중국의 시 60여 수만을 선별하여 번역하고 때로는 해설을 붙여 독자들의 이해를 돕고, 마지막에 감상을 첨부하여 시를 함께 즐길 수 있도록 하였다.

남악인 형산은 호남성 중남부에 위치하고 있으며, 우리나라에는 소상팔경瀟湘八景으로 잘 알려진 상강湘江을 끼고 있다. 형산의 산세는 아주 독특한 일면이 있다. 청대 학자 위원이 이르기를,

"북악인 항산은 움직이는 듯하고, 동악인 태산은 앉은 듯하며, 서

악인 화산은 서 있는 듯하고, 중악인 숭산은 누운 듯하다. 오직 남악만이 홀로 나는 듯하여, 주작이 날개를 펼쳐 큰 구름을 드리우고, 사방 백 리까지 펼쳐져, 주봉을 빙 둘러 받드는 것이 마치 보좌하는 듯하다.”

“恒山如行, 岱山如坐, 華山如立, 嵩山如臥. 唯有南岳獨如飛, 朱鳥展翅垂雲大. 四旁各展百十里, 環侍主峰如輔佐.”(<衡岳吟>)

라고 하였다. 원래 남악의 면적은 대단히 컸다. 형양시의 회안봉回雁峰을 머리로, 장사시의 악록산岳麓山을 발로 여겼다. 사방 둘레가 약 팔백 리에 이르고, 봉우리는 72개다. 이 중 축융봉이 주봉主峰으로 해발 1,290m이며, 석름봉・천주봉・부용봉・자개봉 등이 그 뒤를 따른다.

남악은 새가 날개를 펼쳐 하늘을 나는 형상이라고 하는데, 축융봉이 머리이고 부용봉과 천주봉 등 16개의 봉우리가 몸통을 이루고 남쪽 20개의 봉우리와 북쪽 16개의 봉우리는 날개에 해당한다. 또한 남방은 음양오행으로 따지면 불火에 속하고 색깔로는 붉은색朱에 해당한다. 그래서 남악의 형상을 주작에 비유한다. 물론 남쪽 방위를 맡고 있는 신을 상징하는 동물이기에 남악의 형상을 꿰어 맞춘 것이기도 하다.

　남악의 '사절四絶'은 축융봉의 고준함, 방광사方廣寺의 유심幽深함, 장경전藏經殿의 빼어남, 수렴동水簾洞의 기이함 등이다. 이 책에서는 대표적인 자연경관인 축융봉과 수렴동을, 인문경관으로는 방광사를 대상으로 시를 선별하여 서술하였고, 그 외에도 남악, 자개봉, 석름봉, 상봉사, 철불사를 대상으로 시를 통한 경관 감상을 시도하였다. 아울러 남악의 산물인 차를 통해 당시의 문화를 엿보려 하였고, 남악을 통해 이루어진 이별의 아픔도 담아 보고자 하였다. 한편 남악 시가에서 빼놓을 수 없는 몇 편의 작품을 보충하였다.

　수년 전에 '오악'시의 마수걸이로『태산, 시의 숲을 거닐다』를 출간한 이후, 오랜만에 '남악'시를 세상에 내놓는다. 책이 나올 때마다 오역이 있을까 두려운 마음에 다시 읽기가 망설여지지만, 독자 여러분의 질정이 있으면 언제라도 받아들일 마음의 자세가 되어 있다. 이미지를 많이 확보하지 못한 점 죄송스럽게 생각되나, '바이두(http://www.baidu.com/)'에서 형산 도편圖片을 찾으면 무수한 자료를 볼 수 있으니, 시와 이미지를 함께 대조하며 감상하는 것도 좋은 방법이다.

마지막으로 이 책의 출판을 맡아 준 한국학술정보(주) 관계자들에게 심심한 감사를 표한다.

2012년 7월
장마가 끝난 후덥지근한 날에 삼가 서문을 올린다.

차례

5장 송별送別

6장 기타

1장/
남악南岳

登南岳　　남악에 오르다

(東漢) 劉楨

鳳凰集南岳,　봉황이 남악에 모여

徘徊孤竹根.　외로운 대나무 주위를 배회하네.

於心有不厭,　마음에 부족한 게 있는지

奮翅凌紫氛.　날개 떨쳐 구름 위로 솟아오르네.

豈不常勤苦,　어찌하여 늘 애쓰지 않는 걸까?

羞與黃雀群.　참새 무리와 어울리는 게 부끄러워서지.

何時當來儀,　언제쯤이나 용모 갖추고 돌아올까?

將須聖明君.　슬기롭고 영명한 임금 나오기만 기다릴 뿐.

* 紫氛(자분): 자명紫冥이라고도 하며, 하늘을 가리킨다.

南岳衡山

유정劉楨(류전, 186~217): 자는 공간公干이고, 동한 말 영양현寧陽縣 사람이다. 건안칠자建安七子 중의 한 사람으로, 조식曹植과 어깨를 겨루어 '조류曹劉'라는 명칭이 생겼다. 아버지 유량劉梁을 일찍 여의고 어머니 왕씨王氏의 보호와 독려 속에서 일찍부터 영재라는 소리를 들으며 자랐다. 이후에 조조의 부름을 받아 여러 관직을 두루 거쳤다. 현재 전하는 시는 모두 15수이며, 특히 5언시가 뛰어나다. 그의 시는 '청신강경清新强勁(참신하며 힘차다)'하다는 평을 듣고 있다.

> **tip** 건안칠자는 동한 말 東漢末 건안建安시기 조씨 삼부자(조조曹操, 조비曹丕, 조식曹植)와 더불어 활동한 일곱 명의 대표적인 시인들. 유정劉楨, 공융孔融, 진림陳琳, 왕찬王粲, 서간徐幹, 완우阮瑀, 응창應瑒. '칠자'라는 명칭은 조비의 ≪전론典論≫<논문論文>에서 처음 등장하였다.

|해설|

이 시는 <증종제贈從弟: 사촌 동생에게 보내다>라는 작품 세 수 중 마지막 수이다. 이 시를 이해하기 위해서는 먼저 제1, 2수를 살펴볼 필요가 있다.

其一   제1수

泛泛東流水,   넘실넘실 동쪽으로 흐르는 강물,
磷磷水中石.   반짝반짝 빛나는 물속의 돌.
萍藻生其涯,   부평초가 물가에 피어
華葉紛擾溺.   꽃잎이 어지럽게 빠져드네.
菜之薦宗廟,   그것을 따 종묘에 바치면
可以羞嘉客.   귀한 손께 드릴 수 있으리라.
豈無園中葵,   어찌 뜰 안에 해바라기 없을까?
懿此出深澤.   이것이 깊은 못에서 나오니 아름다운 게지.

其二   제2수

亭亭山上松,　우뚝 선 산 위의 소나무,
瑟瑟谷中風.　쐬쐬 부는 골짜기 바람.
風聲一何聲,　바람소리 어찌 이리 요란하며,
松枝一何勁!　솔가지 어찌 이리 굳센가!
氷霜正慘凄,　얼음과 서리가 아무리 혹독해도
終世常端正.　끝까지 단정함을 잃지 않네.
豈不罹凝寒?　어찌 혹한에도 끄떡없는가?
松柏有本性.　송백은 본성이 그러니까.

앞 두 시의 주제어는 '평조萍藻'와 '송백松柏'이다. '평조'는 고결한 품성을, '송백'은 굽히지 않는 지조를 담고 있다. 즉 사물을 빌어 의미를 부여한 것이다. 이러한 것을 중국에서는 전통적 수사기법인 '비흥比興'이라고 한다. 위에 제시한 제3수도 마찬가지로 신조神鳥인 '봉황鳳凰'을 내세워 절세고도絕世高蹈의 원대한 뜻을 담았다. 속세와는 함께 하지 않겠다는 의지의 표현이다. 시인은 이로써 사촌동생에게 세상을 살아가는 올바른 태도를 제시하였다. 시인의 지나온 역정이 이와 같음을 내비치는 것이기도 하다. 조비의 처인 견甄부인에게 고개를 숙이지 않아 불경죄로 노역한 적이 있는 그의 태도와 일치한다. 위의 시에 등장하는 '남악'은 실경實景 산수와는 거리가 멀다. 봉황은 동서남북 사방의 신령 가운데 남방의 상징인 주작朱雀이므로 남악과 연관시켜 놓았을 뿐이다.

|감상|

벽오동나무는 예부터 상서로운 나무로 알려져 있다. 길조인 봉황새가 나타나면 온 세상이 태평하게 되며, 이때 벽오동나무가 아니면 깃들지 않고 대나무 열매가 아니면 먹지 않는다(非梧桐不棲, 非竹實不食)고 한다. 그래서 김도향의 노래에 '벽오동 심은 뜻은 봉황을 보잣더니, 어이타 봉황은 꿈이었다 안 오시뇨'라는 가사가 등장한다. 위의 시에서 대나무가 등장하는 것도 바로 여기서 유래한 것이다.

그런데 봉황새는 내심 부족한 게 있거나 불편한 게 있으면 하늘로 훌쩍 솟아오른다. 이것은 즉 ≪장자≫의 '붕새'를 연상하여 나온 시구이다. 북쪽 바다에 물고기가 있어 그 이름을 '곤鯤'이라고 하는데, 그

크기가 몇 천리나 되는지 알 수가 없다. 그것이 새가 되니 그 이름을 '붕鵬'이라 하며, 이 붕의 등 넓이도 몇 천 리나 되는지 알지 못한다. 한번 기운을 내어 날면 그 날개는 마치 하늘에 드리운 구름과 같고, 바다 기운이 움직일 때 남쪽 바다로 가려 하는데 남쪽 바다란 '천지 *天池*'를 말한다.

그렇다면 봉황의 불편한 심기는 무엇일까? '봉황은 근본적으로 제비나 참새 등과는 무리짓지 않는다(*鳳凰不與燕雀爲群*)'. 사람으로 말하면 군자가 소인배와는 어울리지 않는다는 뜻이다. 따라서 그들과 어울리려는 노력조차 하지 않는다. 시인은 자신의 뜻을 자문자답 형식을 통해 표현하면서 훨씬 강한 메시지를 독자들에게 전달한다.

참새의 무리와 어울리는 것을 거부하고 하늘 높이 올라간 봉황이 용모를 갖추고 돌아올 날은 언제일까? 오로지 성군이 왕림하는 그날까지 기다릴 뿐이다. 시인이 살았던 시기(186~217)는 후한 말 조조가 대장군으로 군림하며 권력을 독차지하고 삼국이 치열하게 천하를 제패하려 전쟁을 일삼던 때다. 조조의 부름을 받아 여러 관직을 거치기는 했지만, 내심 성군이 왕림하여 나라를 올바르게 다스리고 백성을 편안하게 만드는 세상이 오기를 간절히 바랐다. 자신이 추구했던 봉황과 같은 삶을 사촌 동생에게 계시하였다.

詠南岳　　남악을 노래하다

(西晋) 陸機

南衡維岳,	남악인 형산은
峻極昊蒼.	푸른 하늘로 우뚝 솟았고,
瞻彼江湘,	장강과 상수를 굽어보면
惟水泱泱.	도도히 흐르는 강물 보이네.
清和有合,	맑고 평화로운 기운 모이고
俊義以藏.	준걸과 의인들 숨었으니,
天保定爾,	하늘이 그들을 보호하여
茂以瓊光.	아름다운 빛 찬란하도다.
景秀蒙汜,	몽사는 경치가 빼어나고
穎逸扶桑.	부상은 수려한데,
我之懷矣,	내 가슴에 품은 것은
休音峻揚.	소리 그친 드높은 산세뿐.

* 몽사(蒙汜): 해 떨어지는 곳
* 부상(扶桑): 해 솟아나는 곳

육기陸機(루지, 261~303): 자는 사형士衡이고 서진西晉 오군吳郡 화정華亭(지금의 상해시 송강松江) 사람이다. 조부 육손陸遜은 삼국 시대 명장으로 동오東吳의 승상을 지냈고, 부친 육항陸抗은 대사마를 역임하였다. 명문 집안에서 태어나, 20세 때 동오가 멸망하자 동생 육운陸雲과 함께 낙향하여 10년간 두문불출하고 학문에 정진하였다. 서진의 무제(사마염司馬炎)가 죽기 일 년 전(289)에 낙양으로 올라와 저명한 학자이자 관료인 장화張華를 만나 벼슬길에 올랐다. 이후 평원내사平原內史, 하북대도독河北大都督, 저작랑著作郞 등을 역임하고 팔왕八王의 난에 깊이 연루되어 피살되었다.

| 해설 |

종영鍾嶸은 ≪시품詩品≫ <권상卷上>에서 육기에 대하여 논평하며 "재주가 뛰어나고 문장이 넉넉하며, 시체가 화려하다. 유공간(유정劉楨)보다는 기에서 뒤지고, 왕중선(왕찬王粲)보다는 글에서 열세이다. 규칙과 예법을 중시하고 화려함만을 귀하게 여기지는 않으며 직접 써 내려가는 기이함에 있어서는 부족함이 있다. 그러나 정화된 부분을 되씹고 단비에 흠뻑 젖는 것이 그의 문장의 원천이다. 장공이 큰 재주를 찬탄하며 믿음직스럽도다!" (鍾嶸 ≪詩品≫ 卷上評: "才高詞贍, 擧體華美. 氣少於公干, 文劣於仲宣. 尙規矩, 不貴綺錯, 有傷直致之奇. 然其咀嚼英華, 厭飫膏澤, 文章之淵泉也. 張公嘆其大才, 信矣!") 라고 하였다. 이 시가 육운의 작품이라는 설도 있다.

　이 시는 형산의 산세와 풍광을 다양한 시각과 상상력을 통하여 드러낸 작품이다. '산이 높다'는 의미를 지닌 표현은 수없이 많지만, '峻極昊蒼(높을 준, 다할 극, 하늘 호, 푸를 창)'만큼 절제되고 함축된 표현은 없다. 후에 등장한 이백의 표현 하나를 예로 들자면 '衡山蒼蒼入紫冥'(<與諸公送陳郎將歸衡岳>)이 있는데, 앞의 두 글자 '衡山'을 빼면 '蒼蒼入紫冥'이라는 다섯 글자로 되는데, '昊蒼'과 '紫冥'은 모두 '하늘'이라는 의미로 육기는 '하늘이 매우 높다'고 한 반면, 이백은 '하늘로 아득히 들어간다.'라는 표현을 썼다, 이백의 표현이 한층 세련된 것임을 알 수 있다. 또한 산이 높음을 말할 때 아래에 보이는 강을 들어 표현하는 경우가 많은데, 실제로 볼 수 없는 장강과 황하를 거론하는 경우가 많다, 여기서도 '장강'과 '상수'가 등장하는데, 이것은 형산이 '남악독수南岳獨秀'라는 의미를 상기시키는 시작 의도가 깔려 있다. 하지만 이런 산세에도 불구하고 맑고 평화로운 기운이 모여 있고 세상을 이끄는 많은 준걸과 의인들이 숨어 있으니, 자연과 인간의 은밀한 만남이 수시로 이루어지는 장소이기도 하다. 그리하여 형산은 더욱 빛이 나서, 마치 하늘이 돌보아 아름다운 광채를 뿜어내는 듯한 느낌을 받는다. 시인은 나아가 해가 뜨고 지는 곳으로 지칭되는 '몽사'와 '부상'까지 떠올리며 그곳의 수려한 경치를 얘기하지만, 실제로 볼 수 없고 느낄 수 없는 환상의 세계보다는 주위에 있는 인간세계, 즉 아무런 소리 없이 드높기만 한 형산이야말로 가장 의미 있는 존재가 아닐까라는 생각을 해 본다.

治平四年十二月丙申
漕運副使沈□題

望岳　　남악을 바라보다

(唐) 杜甫

南岳配朱鳥,	남악이 주작과 짝을 이루니
秩禮自百王.	제왕들이 차례로 예를 다하고,
欻吸領地靈,	때때로 영토의 정기를 호흡하며
鴻洞半炎方.	끝없이 남방의 반을 차지하였다.
邦家用祀典,	나라에서는 제사의례 행하나
在德非馨香.	덕에는 좋은 향기 사라지고,
巡狩何寂寥,	순수가 어찌나 뜸한지
有虞今則亡.	순임금 때 제도가 지금은 사라졌다.
洎吾隘世網,	좁은 속세의 그물이 나에게 다가와
行邁越瀟湘.	멀리 소상 지역으로 넘어왔도다.
渴日絶壁出,	가문 날 절벽에서 나와
漾舟清光旁.	맑은 빛 물가에 배를 띄운다.
祝隆五峰尊,	축융봉은 다섯 봉우리 중 지존이고
峰峰次低昂.	다른 봉우리는 들쑥날쑥 이어지니,
紫蓋獨不朝,	자개봉만 오직 방향을 달리할 뿐
爭長嶪相望.	다투듯 높고 험하여 서로를 바라본다.

恭聞魏夫人,　삼가 위부인에 대해 들으니
群仙夾翱翔.　뭇 신선들이 주위를 에워싸 날며,
有時五峰氣,　때때로 다섯 봉우리의 기운이
散風如飛霜.　바람에 흩날리는 서리 같구나.
牽迫限修途,　급박한 일로 먼 길 갈 수 없고
未暇杖崇岡.　높은 봉우리에 지팡이 짚고 오를 틈 없어,
歸來覬命駕,　돌아와 수레 대라 명하고 바라기를
沐浴休玉堂.　목욕재계한 후 옥당에서 쉬었으면.
三嘆問府主,　세 번이나 탄식하며 부주에게 묻노니
曷以贊我皇.　어찌 하면 남악신을 뵐 수 있을까?
牲璧忍衰俗,　제사 모시며 쇠락한 속세에서 견디면
神其思降祥.　신은 길상을 내려 주리라.

* 瀟湘(소상): 소수와 상수가 흐르는 지역으로 호남성과 호북성을 가
　리킨다.
* 魏夫人(위부인): 진晉나라 사도司徒 위서魏舒의 딸이다. 두 아들이
　장성한 후 출가하여 남악의 도사가 되었다. 후에 남악의 진인眞人
　자허원군紫虛元君의 지위에 올랐다.
* 崇岳(숭악): 자개봉紫蓋峰, 혹은 축융봉을 제외한 네 개 봉우리
* 府主(부주): 위부인
* 玉堂(옥당): 황정관黃庭觀 위부인이 신선으로 승화한 곳
* 牲璧(생벽): 제사용 가축과 옥기玉器

두보杜甫(두푸: 712~770): 자는 자미子美이고 호는 소릉少陵이며 양양襄陽(호북성) 사람이다. 하남성의 공현鞏縣에서 태어났으며 '시성詩聖'이라고 불린다. 진대晉代의 두예杜預가 그의 조상이고, 초당初唐의 시인 두심언杜審言이 그의 조부이다. 과거에 급제하지 못하여 각지를 방랑하다가 이백·고적高適 등과 알게 되었다. 44세에 안록산安祿山의 난이 일어나 적군에게 포로가 되었으나, 새로 즉위한 숙종肅宗에 의해 좌습유左拾遺의 관직에 오르게 되었다. 48세에 관직을 버리고 감숙성甘肅省을 거쳐 성도成都(사천성)에 정착하여 완화계浣花溪에다 초당을 세웠다. 이것이 곧 완화초당浣花草堂이다. 성도의 절도사 엄무嚴武의 막료로서 공부원외랑工部員外郞의 관직을 지냈으므로, 이로 인해 '두공부杜工部'라고 불리게 되었다. 동정호洞庭湖에서 59세를 일기로 병사하였다.

|해설|

이 시는 대력大曆 4년(769) 시인이 58세 되던 해 봄, 악양에서 배를 타고 형양으로 올라오면서 도중에 형산현衡山縣 성곽 부근의 강가에다 배를 대고 남악의 정상을 바라보며 지었다. 이것의 근거가 되는 것이 바로 '渴日絶壁出, 漾舟淸光旁.'이라는 시구다. 그런데 그 뒤에 이어져 오는 사경의 시구 '祝隆五峰尊, 峰峰次低昂. 紫蓋獨不朝, 爭長嶪相望.'을 보면 마치 직접 축융봉을 오르고 난 뒤 거기서 본 광경을 대단히 사실적으로 표현한 것이 아닐까라는 생각이 들 정도다. 그래서 뒤에 등장하는 '崇岡'을 축융봉이 아닌 자개봉 혹은 다른 봉우리라고 보기도 한다.

tip 1 '주조朱鳥'는 '주작朱雀'이라고도 한다. 28개의 별자리 중 남방 7개의 별자리를 총괄하여 부르는 말로, 고대 신화에서는 남방의 신이라고도 한다. 이와 같은 예로 북방의 신은 현무玄武, 동방의 신은 청룡靑龍, 서방의 신은 백호白虎이다.

tip 2 ≪漢書·武帝紀≫에 의하면 '원봉 5년 겨울에 남쪽을 순수하였다(元封五年冬, 行南巡狩).'고 한다. '순수巡狩'란 각 지역의 제후들이 지키고 있는 땅을 천자가 직접 순찰하는 것을 말한다. 옛날 황제는 5년에 한 번 순수하는 것을 원칙으로 삼았다.

|감상|

이 시는 크게 네 부분으로 나눌 수 있는데, 처음과 끝은 의론, 중간은 사경과 서사로 나뉘어져 있다. 처음 '南岳配朱鳥, 秩禮自百王. 欻吸領地靈, 鴻洞半炎方.' 네 구는 주작이 다스리는 형산에 제왕들이 대대로 설관設官을 통해 예를 다했으며, 형산 또한 그곳의 정기를 받아 남방의 반이나 되는 영토를 점유하였다고 하여 광활하고 거대한 외양을 과장법을 통해 묘사하였다. '鴻洞半炎方'은 태산을 보고 지은 같은 제명의 시구인 '齊魯靑未了(제나라와 노나라에 뻗친 그 푸르름 끝이 없다)'(<망악望岳>)와 자주 비교된다.

두보는 당시의 제례와 치국에 대해, 제사는 있으나 덕에는 향기가 사라지고 옛날부터 행해지던 순수는 이미 자취를 감추었다고 표현하였다. 그래서 이 부분을 풍유로 본다. 다시 말해, 임금께 덕으로 나라를 다스리고 순수를 통해 나라를 안정시키라는 권유를 우회적으로 표현했다.

'泊吾隘世網, 行邁越瀟湘' 두 구는 시인 자신이 어떻게 해서 강남으로 왔는지 내용을 밝힌 것이며, 이로 인해 남악을 보게 되어 '祝隆

五峰尊'에서 '爭長業相望'까지 그곳의 자연경관을 묘사하였다. 시인은 하남성 공현에서 태어나 장안이 있는 섬서성, 48세 이후 관직을 버리고 찾아간 감숙성, 완화초당을 짓고 비교적 평온하게 살았던 사천성 등을 떠돌다 사망하기 전 2년 동안은 호북성과 호남성을 넘나들며 수상생활을 계속하다 동정호에서 59세의 일기로 병사하였다. 이런 인생역정이 바로 시구에서 표현한 '世網'(세망: 속세의 그물)이라고 할 수 있다.

'有時五峰氣, 散風如飛霜.'은 이백의 '回飆吹散五峰雪, 往往飛花落洞庭(회오리바람 불어 다섯 봉우리 쌓인 눈 흩어지면, 가끔은 눈꽃이 동정호로 날아가 떨어지네).'<與諸公送陳郎將歸衡陽>과 자주 비견된다. 여기서 '氣'란 '雪'을 가리키는 것이며, 바람에 흩어져 날리는 서리 같다고 하였다. 이런 상상에서 깨어나 현실을 보니 급박한 사정으로 인해 형산의 봉우리에 오를 수도 없어 단지 오를 수 있기만을 바랄 뿐이다.

그리고 마지막에 남악에 대한 제례를 통해 다시 한번 예를 다한다면 반드시 길상이 도래하리라고 하였는데, 이는 수련의 '秩禮'와도 통한다. 그리고 '曷以贊我皇'은 시인의 애국심이 강하게 작용하여 나온 시구다. 강호에 떠돌면서도 충군애국으로 충만했던 시인의 정회를 잘 표현한 것이라 할 수 있다.

望衡山　　형산을 바라보다

(唐) 劉禹錫

東南倚蓋卑,	동남쪽으로 비스듬히 낮아지니
維岳資柱石.	남악은 그곳의 주춧돌이어라.
前當祝融居,	앞에는 축융신이 거주하던 곳
上拂朱鳥翮.	위로는 주작의 날개 떨치니,
青冥結精氣,	푸른 하늘에 정기 가득하고
磅礡宣地脈.	광대한 봉우리는 지맥을 이었노라.
還聞膚寸陰,	또한 잔뜩 낀 구름기운만으로도
能致彌天澤.	하늘의 은택을 채울 수 있으리라.

유우석劉禹錫(류위시, 772~842): 자는 몽득夢得이고 원적은 중산中山(지금의 하북성 정현定縣)이다. 유종원柳宗元(773~819)과 더불어 정원貞元 9년(793)에 진사에 급제하였고, 정원 14년(798)에는 감찰어사監察御史로 동시에 임명되었다. 왕숙문의 정치혁신 그룹에 참가하여 실패한 후 낭주朗州(지금의 상덕시常德市)사마司馬, 연주連州(지금의 광동성 연현連縣)자사刺史로 폄적되었다. 노년에는 태자빈객太子賓客에 임명되었고 벼슬은 검교예부상서檢校禮部尚書로 끝을 맺었다. 작품집으로는 《유빈객집劉賓客集》이 있다.

|해설|

이 시는 헌종 원화 10년(815) 5월 유우석이 연주자사로 부임해 갈 때 형주를 지나면서 남악을 보고 지은 작품이다. 유종원과 함께 있던 시기에 지었다.

|감상|

시인은 먼저 지리학적인 관점에서 중국의 서고동저 지형을 알리면서 남악의 역할과 가치를 언급하였다. 곧이어 축융씨와 주작을 등장시켜 신화적인 내용으로 바꾸면서 인문적 요소를 가미하여 실제와 환상의 양면을 모두 표현하였다. 더욱이 하늘의 정기, 땅의 지맥을 통해 천지를 아우르며, 비 오기 전 잔뜩 낀 구름기운을 하늘의 광대한 은택에 연결시킨 것은 형악의 위용과 지세를 극대화한 것이라 할 수 있다. 일반 산수시와 달리 시각적 형상을 얘기하기보다는 인문적 상상력이 잘 발휘되었다는 점에서 이 시의 특색을 찾을 수 있다.

登山有作　　산에 올라 시를 짓다

(宋) 朱熹

晚風雲散碧千尋,	저녁 바람에 구름 흩어지니 하늘 끝까지 푸르고
落日冲飈霜氣深	지는 해에 회오리바람 솟구치니 한기가 심하도다.
霽色登臨寒月夜,	갠 빛이 사방에 퍼지니 달밤은 더욱 차고
行藏只此驗天心.	출사한 자 은퇴한 자 여기서 하늘의 뜻을 경험하네.

* 행장(行藏): 벼슬에 나아가고 물러남.

주희朱熹(주시, 1130~1200): 자는 원회元晦, 중회仲晦이며 호는 회암晦庵, 회옹晦翁, 고정선생考亭先生, 운곡노인雲谷老人, 창주병수滄洲病叟, 역옹逆翁 등이다. 휘주徽州 무원婺源(지금의 강서성 무원) 사람이다. 19세 때 진사에 급제하여 보문각대제寶文閣待制의 지위에까지 올랐다. 남송의 이학가, 교육자, 시인 등으로 이름을 날렸으며 민학파閩學派의 대표 인물이다. 공자, 맹자 이래로 가장 뛰어난 유학대사儒學大師이다.

|감상|

시인은 남악에 오르며 시차별로 보고 느낀 바를 서술하였다. 저녁 바람은 구름을 사라지게 하고, 구름이 사라지자 사방이 푸르다. 그리고 해 떨어진 뒤에 부는 회오리바람은 더욱 춥게 만들고, 더욱이 갠 하늘에 달빛이 명랑하니 더욱 차갑게 느껴진다. 여기까지는 서경적인 묘사이다. 그런데 마지막 구에 가서는 자신이 생각한 바를 서술하였는데, 벼슬길에 나아간 자나 물러난 자 모두 이곳에 오면 하늘의 뜻이 무엇인지 알 것이라고 하였다. '天心'이란 주로 세 가지 뜻으로 쓰이는데 첫째 하늘의 뜻, 둘째 임금님의 뜻, 셋째 사람의 본심 등이다. 여기서는 '하늘의 뜻'으로 보았다. 시인이 송대 이학理學의 대가라는 점과 시작詩作 위치가 남악의 산상이라는 점을 감안한 결론이다.

登山有作   산에 올라 시를 짓다

(宋) 張栻

上頭壁立起千尋,　위로는 절벽이 하늘 끝까지 솟았고
下列群峰次第深.　아래로는 봉우리가 이어져 깊어지네.
兀兀籃輿自吟詠,　높이 오르는 가마에서 절로 노래 나오니
白雲流水此時心.　흰 구름, 흐르는 물이 지금의 내 마음이로다.

장식張栻(장스, 1133~1180): 호는 남헌南軒이고 한주漢州 면죽綿竹
(지금의 사천성 면죽현) 사람이다. 벼슬은 우문전수찬右文殿修撰까지
지냈으며, 승상인 장준張浚(1097~1164)의 아들이다. 남송의 학자이자
교육자로 호상학파湖湘學派를 집대성한 자이다. 주희, 여조겸呂祖謙
과 더불어 이름을 날려 '동남삼현東南三賢'이라는 칭호를 얻었다.

|해설|

주희의 시가 먼저인지 이 시가 먼저인지는 알 수가 없다. 제목에
'보운步韻'이나 '차운次韻'이라는 말이 없기 때문이다.

|감상|

앞에 나온 주희의 시가 주위의 자연 경물(風, 雲, 日, 霜, 月)을 많이
동원하여 시간적 공간적으로 다양한 서경적 내용을 담고 있는 반면,
이 시는 눈앞에 가까이 펼쳐진 '절벽'과 '군봉'만을 묘사하여 시인 자
신이 어디를 통해 어떻게 올라가고 있는가를 알려 준다. 등산 도중에
시인은 자연에 심취하여 노래가 절로 나오고, 이때의 마음은 마치 두
둥실 떠다니는 흰 구름과 쉼 없이 흐르는 시냇물 같아서 어떤 구속이
나 속박 없이 그저 자유스러울 뿐이다. 여기서 재미있는 것은 가마의
등장이다. 이처럼 옛 사대부들은 산에 오를 때도 가마나 말을 타고
올랐다. 요즘도 중국의 명산을 가면 어느 곳이건 사람을 태우고 산에
오르기 위해 기다리는 가마꾼을 볼 수 있다.

一到灣揮石竟平共業
只負此公材本天若官人
淫施城斛吳納早自哩
題黄巢坪劈石
柳倩

步登山有作韻　　〈登山有作〉을 차운하다

(宋) 林用中

壁立崔嵬不計尋,　절벽이 높이 솟아 몇 길인지 알 수 없고
千峰羅列獻奇深.　수많은 봉우리 이어져 갈수록 깊어지네.
等閑佇立遙觀遍,　아무 생각 없이 우두커니 먼 곳 둘러보니
流水高山萬古心.　흐르는 물, 높은 산이 오랜 세월 간직한 내 마
음이로다.

임용중林用中(린융중, 생몰년불상): 자는 택지擇之, 경중敬仲이고 호는 동병東屛, 초당선생草堂先生이라 한다. 복주福州 고전古田(지금의 복건성에 속함) 사람이다. 주희의 문하생으로 들어가 지조가 뛰어난 사람으로 인정을 받았으며 채원정蔡元定과 더불어 이름을 날렸다. 건도乾道 3년(1167)에는 주희를 따라 담주潭州로 유람을 가다 중도에 강학을 펼쳤다. 악록서원과 성남城南서원에서 장식을 만났으며 ≪중용≫의 뜻과 이치를 토론하는 자리에도 참여하였다. 또한 함께 남악을 유람하며 ≪남악수창집南岳酬唱集≫을 남겼다. 순희淳熙 6년(1179) 주희가 남강南康태수로 갈 때 동행하여 백록동서원白鹿洞書院에서 강학을 하였다. 끝내 벼슬을 하지 않았다.

| 해설 |

'차운次韻'이란 타인이 쓴 시의 운각韻脚[율시의 제(1), 2, 4, 6, 8구, 절구의 제(1), 2, 4구의 마지막 글자]을 그대로 가져오고 순서도 맞추어 창화唱和하는 것을 말한다. 당나라 때 백거이가 원진元稹과 창화하면서 시작되었다. 송대에 이르러 더욱 성행하였는데 '화운和韻'이라고도 부른다. 위의 시에서는 운각인 '尋', '深', '心'이 바로 차운의 예이다.

| 감상 |

이 시는 장식의 <登山有作>을 차운한 정도가 아니고 거의 환골법(내용은 동일하고 글자만 몇 자 바꾸거나 순서를 달리하여 시를 짓는

수법)에 가깝다. 등장하는 자연경물로 절벽(壁), 봉우리(千峰), 흐르는 물(流水) 등은 동일하고, 마지막 구에 '白雲'만 '高山'으로 바뀌었을 뿐이다. 여기에 덧붙여 운각(尋, 深, 心)까지 모두 똑같다 보니 거의 표절이라 할 수 있다. 다만 백운, 유수, 고산 등과 같은 자연 경물에 대한 경외의 마음이 '此時'가 아닌 '萬古'로 표현한 것은, 시인의 마음이 장식처럼 순간적이 아니라 오랜 세월 변함없이 이어져 왔다는 점을 강조한 것으로 보인다.

2장/
자연경물

1. 축융봉祝融峰

遊祝融峰　　축융봉을 유람하다

(唐) 韓愈

祝融萬丈拔地起,　　축융봉 만 길이 땅에서 솟아나
欲見不見輕煙裏.　　옅은 구름 속에서 보일 듯 말 듯.
山翁愛山不肯歸,　　늙은이는 산이 좋아 돌아가려 하지 않고
愛山醉眠山根底.　　산기슭 낮은 곳에서 술에 취해 잠드네.
山童尋着不敢驚,　　동자는 찾으면서도 놀라지 아니하고
沉吟爲怕山翁嗔.　　망설이며 늙은이가 화낼까 두려워할 뿐.
夢回抖擻下山去,　　잠에서 깨어나 정신 차려 하산하니
一逕蘿月松風淸.　　밝은 달빛, 맑은 솔바람이 외길에 가득하네.

한유韓愈(한위, 768~824): 자는 퇴지退之이고, 당나라 하내河內 하양河陽(지금의 하남성 맹현孟縣) 사람이다. 스스로 '군망창려郡望昌黎(창려현의 명망가名望家)'라고 하여 사람들은 '한창려韓昌黎'라고 불렀다. 고문운동 제창자이며, 명대에는 당송팔대가 중의 최고 문장가로 칭송하였다. ≪한창려집≫이 전한다.

|해설|

축융봉은 해발 1,290m로 형산에서 가장 높은 봉우리다. 고대 제왕 삼황 가운데 하나인 축융씨(일명 수인씨燧人氏)가 이곳에서 머물다 죽어서 생긴 이름이다. 축융은 신화 전설에 등장하는 화신火神이다. 수인씨가 불을 발견한 이후 축융에 의해 불이 보존되어 내려왔다. 봉우리 주위로 많은 군소 봉우리가 빙 둘러싸고 있어 '독존獨尊'의 지위를 얻었다. 봉우리 정상에는 명대에 만든 축융전이 있고, 그 옆에는 망월대와 풍혈風穴과 뇌지雷池가 있다. 봉우리 아래에는 나한동羅漢洞, 사신애舍身崖, 회선교會仙橋 등이 있다. 축융봉에 오르지 않으면 남악의 높이를 알 수 없다고 할 정도로 72봉 중의 최고 봉우리다.

|감상|

처음 두 구는 형산의 고준함과 웅장함 그리고 옅은 구름으로 인해 나타났다 사라졌다 하는 변화무쌍한 봉우리의 모습이 잘 표현되어 있다. 이어서 산이 좋아 그곳에 머물면서 술 마시며 하루를 즐기는 늙은이의 모습을 그렸는데, 늙은이를 찾아다니면서도 전혀 놀라거나

초조해하지 않는 동자의 행동은 그들의 일상사임을 알 수 있다. 또한 잠을 깨우는 것이 두려워 망설이는 동자의 모습은 주인의 산속 즐거움이 얼마나 큰 지 암시하는 대목이다. 마지막 두 구는 늙은이가 바로 자신이라는 것을 밝히고, 하산하는 외길의 정취를 덩굴 사이로 보이는 밝은 달빛과 솔솔 부는 맑은 솔바람을 통해 표현하였다. 한 편의 동영상을 보는 것 같은 느낌을 준다.

祝融峰　　축융봉

(宋) 陶弼

曾到祝融峰頂上,　일찍이 축융봉 정상에 도착하여
步隨明月宿禪關.　밝은 달 따라 걷다 선관에 묵었네.
夜深一陣打窓雨,　밤이 깊자 비가 한바탕 창을 때려
臥聽風雷在半山.　누워서 들으니 비바람 천둥소리 산중턱에 있도다.

도필陶弼(타오비, 1015~1078): 자는 상옹商翁이고, 영주永州 기양祁陽(지금의 호남성에 속함) 사람이다. 인종仁宗 경려慶曆 연간에 형주 사호참군衡州司戶參軍이 되었고 계주桂州 양삭주부陽朔主簿로 전출되어 양삭령陽朔令이 되었다. 나중에 여러 주의 지주知州가 되었다.

|감상|

축용봉 정상에 있는 선관에서 시인은 하루를 묵었다. 야밤에 한바탕 비가 내려 귀 기울여 들어 보니 비바람 소리와 천둥소리가 하늘이 아닌 산중턱에서 들리는 듯하였다. 그만큼 정상이 높다는 뜻이다. 한유는 축용의 높이가 '축용봉 만 길이 땅에서 솟아나(祝融萬丈拔地起)'라 하여 눈으로 본 바를 서술한 반면, 도필은 '누워서 들으니 비바람 천둥소리 산중턱에 있도다(臥聽風雷在半山).'라 하여 귀로 들은 바를 표현하였다. 이렇게 보나 저렇게 들으나 축용봉은 대단히 높은 곳으로 중국인들은 생각하였다.

登祝融口占　　축융봉에 올라 구술하다

(宋) 林用中

託身天際外,	하늘 끝에 몸 맡기고
寄足在雲端.	구름 끝에 발 들였네.
俯仰心猶壯,	굽어보고 우러러보니 마음이 장엄해지고
登臨眼盡寬	오르고 다가가니 안계가 넓어지네.
乾坤眞境界,	하늘과 땅이 마주치는 참 경계
風雪倍朝寒.	바람과 눈이 더한 아침추위
忽起煙霞想,	홀연히 구름 일어 생각하니
相從結大還.	서로 따르며 굳게 맺고 돌아가리라.

　축융봉은 남악의 최고봉이다. 정상에 오르니 거기가 곧 하늘이고, 구름이 눈앞에 떠다닌다. 절로 마음이 장엄해지고 안계眼界는 끝이 없다. 하늘과 땅이 맞닿는 경계를 볼 수 있는 이곳, 바람 불고 눈 오니 아침 추위는 더욱 매섭다. 그런데 축융봉 정상에서의 구술은 지금까지 언급한 '기사記事'와 '서경抒景'만으로는 부족했던지, 시인은 자신의 생각을 피력하며 끝을 맺었다. 즉 서로 따르며 친하게 지내다 우정을 굳게 다지고 돌아갔으면 하는 바람이다. 물론 여기에도 경물인 '연하煙霞'가 흥의 역할을 하였다. 기사나 서경으로 시작하여 서정으로 끝나는 것이 전통적 산수시의 기본 결구이다.

和擇之登祝融口占
〈登祝融口占〉으로 임택지와 창화하다

(宋) 張栻

祝融高處好,	축융봉 높은 곳 구경하기 좋아서
拂石坐林端.	바위 위 먼지 털고 숲 끝에 앉았네.
雲夢從渠小,	운몽택은 작은 도랑에서 나오지만
乾坤本自寬.	하늘과 땅은 처음부터 넓었다네.
加眸增浩蕩,	자세히 보다 보면 호탕함이 늘지만
出語覺高寒.	말을 내뱉으면 억센 추위만 느낄 뿐.
明日重來看,	머지않은 장래에 다시 보러 올 터이니
寧應取次還.	차라리 황급히 돌아가리라.

이 시는 앞에서 본 임택지의 <축융봉에 올라 구술하다登祝融口占> 시를 차운한 것인데, 제6구까지는 축융봉에서 일어난 일과 자연경관에 대한 묘사를 위주로 하였다. 그런데 재미 있는 것은 마지막 두 구에 있다. 임택지는 이왕 왔으니 뭔가 큰 것을 이루고 갔으면 하는 적극적 바람인 데 반해, 시인은 날씨가 너무 추우니 내일 다시 와 편안하게 무슨 일이라도 했으면 하는 소극적 바람이다. 임택지는 주희의 제자지만, 장식은 주희의 친구로서 연배도 꽤 차이가 나 이런 수창이 가능했다고 보인다.

醉下祝融峰　　취하여 축융봉을 내려가다

(宋) 朱熹

我來萬里駕長風,	나는 만 리 먼 곳에서 부는 바람 타고 왔더니
絶壑層雲許蕩胸.	깎아 세운 골짜기, 펼쳐진 구름이 가슴을 쓸어 내린다.
濁酒三杯豪氣發,	탁주 세 잔에 호탕한 기질 발동하여
朗吟飛下祝融峰.	노래 크게 부르며 축융봉 아래로 날아간다.

시인은 장사의 악록서원에서 제자들을 가르치다 오랜만에 형산을 유람하였다. 주로 방광사에 머물며 유람하고 장식과 창화를 하였는데, 이번에는 형산의 제일봉인 축융봉을 찾았다. 차운次韻은 보운步韻과 마찬가지로 운각을 그대로 옮겨 와 시를 짓는 것을 말한다.

|감상|

만 리 먼 곳에서 불어오는 바람을 타고 내친 김에 축융봉까지 왔다. 축융봉에 올라 가까이는 깎아 세운 듯한 골짜기를 보았고, 멀리는 지평선과 나란히 층을 이룬 구름을 보았다. 이러한 자연경물을 보고 있노라면 어김없이 근심과 걱정이 싹 가신다. 자연을 찾는 이유는 바로 여기에 있다. 두 번째 구의 '層雲許蕩胸' 다섯 글자는 두보의 '蕩胸生層雲, 決眦入歸鳥'(<망악>)에서 용전用典하였다. 그러다가 술이 얼큰하게 되자 호기가 발동하여 크게 노래를 부르니, 그 소리가 주위 산 아래로 퍼져 나간다. 자연, 술, 노래로 이어지는 옛사람들의 산수유람을 그대로 반영한 시다.

次醉下祝融峰韻　　〈醉下祝融峰〉을 차운하다

(宋) 張栻

雲氣飄飄御晩風,　구름 흩날리고 저녁 바람 불어와
笑談噓吸滿心胸.　담소하며 숨 들이쉬니 가슴에 가득 차네.
須臾斂盡還空碧,　잠시 구름 걷히자 푸른 하늘로 돌아가니
露出天邊無數峰.　하늘가엔 무수한 봉우리 드러나네.

　시인은 주희와 더불어 저녁까지 술을 마셨다. 축융봉에는 구름 흩날리고 바람 또한 스쳐 지나가니 서로 얘기를 나누다가도 가슴속까지 시원하게 심호흡을 하였다. 그러다 보면 구름이 걷힐 때가 있는데, 그 순간 위로는 푸른 하늘이 얼굴을 내밀고 멀리 하늘가엔 무수한 봉우리가 모습을 드러낸다. 산상에서 흔히 볼 수 있는 풍경이다. 운각(風, 胸, 峰)을 맞추다 보니 평범한 시가 되었다.

次醉下祝融峰韻　　〈醉下祝融峰〉을 차운하다

(宋) 林用中

祝融高處怯寒風,　축융봉 높은 곳 찬바람 두려웠는데
浩蕩飄凌震我胸.　거세게 다가와 내 가슴 흔드는구나.
今日與君同飮罷,　오늘 그대들과 술자리 끝나면
願狂酩酊下遙峰.　미친 듯이 술 취해 먼 봉우리로 내려가리라.

|감상|

　이 시는 축융봉에 어느 계절에 올라왔는지, 올라와서 무엇을 하였는지, 어디로 가야 할지를 그대로 노출한 유람시라 할 수 있다. 한편 시인의 호방한 성격도 잘 드러나 있는데, 축융봉의 '浩蕩飄凌'이라고 한 '寒風'에 대한 묘사와 '狂酩酊'이라는 표현을 통해 쉽게 알 수 있다. 주희의 시를 차운한 것인데, 내용과 시풍 모두 주희의 시와 상당 부분 유사하다.

中夜祝融觀月　　한밤에 축융봉에서 달을 보다

(宋) 張栻

披衣凜中夜,　　깊은 밤 추위 속에 겉옷 걸치고

起步祝融巓.　　축융봉 정상으로 걸음을 내딛는다.

何許冰雪輪,　　빙판길 수레바퀴 어찌된 일인지

皎皎飛上天.　　휘영청 밝은 하늘로 날아가는구나.

淸光正在手,　　맑은 달빛 손에 잡힐 듯하고

空明皓天邊.　　하늘가는 텅 비어 밝기만 하네.

群峰儼環列,　　봉우리들 의젓하게 빙 둘러 있고

玉樹生瓊田.　　옥수 주위로 옥답이 생겼도다.

擧酒發浩歌,　　술잔 들고 크게 노래 부르니

萬籟爲寂然.　　자연의 온갖 소리 잠잠하구나.

寄言平生友,　　오랜 친구에게 보내어

誦我山中篇.　　나의 산중 시를 읊게 하리라.

시인은 축융봉에서 달구경을 하기 위해 추운 날씨도 아랑곳하지 않고 야밤에 숙소를 출발하였다. 길에는 눈이 얼음으로 변하여 미끄럽지만, 어느새 달빛이 휘영청 밝은 목적지에 도달하였다. 훤한 하늘에 둥근 달만 보일 뿐 아무것도 보이지 않는다. 아래로 희미하게 윤곽을 드러내는 것은 축융봉을 둘러싼 여러 봉우리들뿐. 주위로 보이는 눈 덮인 나무는 마치 선수仙樹(신선세계의 나무)로 보이고, 주변에는 응당 옥답이 있으리라 상상하였다. 즉, 마음으로 본 경관이다. 시인은 축융봉에서 밝은 달을 보며 술 마시고 노래 부르는 것은 일생 동안 몇 차례 경험하지 못할 최고의 즐거움이라 여겼다. 그리하여 이런 즐거움과 흥취를 시에 담아 혼자만이 느끼기엔 너무 아까운 감흥을 친구와 나누고자 하였다. 이백은 '잔 들어 밝은 달 맞이하니, 그림자 이루어 세 사람이 되었네(擧杯邀明月, 對影成三人).'(＜月下獨酌＞)라고 하였으니, 술잔 들고 노래 부르며 밝은 닭과 그림자를 친구로 삼은 이백의 기지가 이 시에 그대로 옮겨 간 것이 아닌가 할 정도로 분위기가 흡사하다.

祝融峰　　축융봉

(清) 王夫之

鬪氣玉衡分,	다툴 기색에 옥형은 나눠졌고
擎空幾片雲.	하늘 높이 조각구름 떠 있다.
湘流隨隱見,	상수를 따라가면 숨었다 드러났다
海色接氤氳.	물빛은 자욱한 안개와 교차한다.
草細孤根綴,	가는 풀, 홀로 자란 뿌리가 이어지고
危亭濕霧重.	위태로운 정자가 짙은 안개 속에 젖어 있다.
下方煙一縷,	아래쪽으로 한 가닥 연기 있으나
鐘磬未全聞.	종경 소리 온전히 들리지 않는다.

* 鬪氣(투기): (일 등이 마음대로 되지 않아) 짜증을 부리다. 기분이 상하다. (다른 사람에게) 불만을 품어 다투고자 하는 기분
* 玉衡(옥형): 북두칠성 중의 다섯 번째 별이자, 자루 부분의 제일 위쪽 별

　　왕부지王夫之(왕푸즈, 1619~1692): 본명은 부자夫子이고, 자는 이농而農, 호는 강재薑齋다. 호남성 형양衡陽 사람이다. 명 숭정 15년(1642)에 거인擧人이 되었으나, 청나라가 세워진 이후로는 벼슬을 하지 않았다. 40년을 은거하면서 저술 활동을 하였고, 노년에는 형산 아래에 위치한 석선산石船山 기슭(지금의 곡란향曲蘭鄉 상서촌湘西村)에 머물면서 저술 활동을 하였다. 그래서 '선산선생船山先生'이라고 부른다. 황종희黃宗羲, 고염무顧炎武 등과 명말·청초 삼대 사상가로 통한다. ≪독통감론讀通鑑論≫과 ≪송론宋論≫이 대표작이다. 만청 시기의 중신인 증국번曾國藩이 그를 추앙하고 그의 저술을 높이 평가하여 ≪선산유서船山遺書≫를 대량으로 만들어 배포하였다. 이로 인해 그의 명성이 세상에 크게 알려졌다. 그는 일생동안 경세치용經世致用 사상을 주장하였으며 정주이학程朱理學에 대해서는 결연히 반대하였다.

|감상|

　　이 시는 배를 타고 상수를 지나가다 바라본 산수의 모습을 그린 작품이다. 하늘을 시작으로 상수 위의 풍경, 상수 주위의 물가 풍경을 차례대로 묘사하였다. 주된 자연경물은 물 위의 안개다. 마지막 연에는 한 가닥 연기가 피어오르는 사찰과 같은 인문경관이 제시되었으나, 역시 안개로 인해 소리마저 숨어 버렸다. 이렇게 본다면 제목인 <축융봉>과는 거리가 멀다. 축융봉에 오르기 위해 물길 따라 가다가 중도에 지은 시가 아닌가라는 생각이 든다.

晨登衡岳祝融峰　　새벽에 형악 축융봉에 오르다

(淸) 譚嗣同

其一　　　제1수

身高殊不覺,	높은 데 있다 별로 느끼진 못하지만
四顧乃無峰.	사방 둘러봐도 봉우리 하나 보이지 않고,
但有浮雲度,	단지 지나가는 뜬구름 있어
時時一蕩胸.	때때로 한꺼번에 가슴을 쓸어낸다.
地沈星盡沒,	땅이 사라지자 별들조차 숨었다가
天躍日初鎔.	하늘이 약동하자 해가 다시 타오른다.
半勺洞庭水,	동정호는 반쪽 구기에 불과하고
秋寒欲起龍	가을 추위가 용을 꿈틀거리게 하네.

* 度(도): 渡(지나가다)의 의미로 쓰였음.
* 勺(작): 구기. 술 같은 것을 뜰 때에 쓰는 기구

담사동譚嗣同(탄쓰퉁, 1865~1898): 호남성 유양瀏陽 사람이다. 중국 근대 정치가이자 사상가다. 그는 나라를 부강하게 만들기 위해서는 상공업을 발전시켜야 한다고 주장하면서, 서방의 자산계급과 정치제도를 받아들여야 한다는 내용의 변법유신 운동을 전개하였다. 1898년 이 운동이 실패한 후 살해당했는데, 그때 나이 33세였다.

|해설|

이 시는 담사동이 광서光緖 17년(1891) 가을에 형악을 유람하면서 지었다. 당시 27세였다. 그는 20세부터 약 10년간 황하와 장강 일대를 유람하면서 수려한 경치를 감상하는 한편, 청말의 빈곤한 사회 실상도 아울러 관찰하였다. 그리하여 변법유신 운동을 벌였다.

|감상|

산 정상에 오르면 잠시 자신이 어디에 있는지 잊을 때가 있다. 그러다가 주위를 둘러보면 아래에 봉우리가 보이고 발밑에 구름이 있음을 확인했을 때, 다시 한번 자신의 위치를 인지하게 된다. 자신이 위치한 곳에서 손에 잡힐 듯 지나가는 뜬구름을 보며 마음에 가득했던 근심을 쓸어내는데, '蕩胸'과 '雲'의 관계 설정은 두보의 '가슴을 쓸어내니 뭉게구름 피어난다(蕩胸生層雲).'<망악>에서 나온 것이다. 새벽에 축융봉 정상에 도착한 시인은 일출을 경험하면서 천지의 변화를 큰 스케일로 묘사하였고, 축융봉 정상에서 본 동정호를 작은 구기로 표현하여 형산의 고준함과 시인의 호탕한 시풍을 표현하였다. 호방한 기백과 원대한 이상이 돋보이는 작품이다.

其二　　　제2수

白帝高尋後,　백제성 높은 곳을 찾아간 이후
三年得此遊.　삼 년 만에 이곳을 유람하네
芒鞋能幾兩,　짚신 몇 짝 능히 만들어
踏破萬山秋　가을날 여러 산을 두루 다니는데
獨立乾坤逈,　홀로 천지 먼 곳에 서기도 하고
坐觀江海流　앉아서 흐르는 강과 바다를 보기도 하네
朱陵有遺洞,　주릉에는 동천이 남아 있는데
懷古一搜求　옛날을 생각하며 한 번 찾아가 보리라

* 白帝(백제): 백제성. 장강 상류에 있으며 중경시 봉절현성奉節縣城 동
　쪽으로 약 8km 떨어져 있다.
* 朱陵(주릉): 주릉동천朱陵洞天 자개봉 기슭에 있는 수렴동의 옛 이름
　으로, 예부터 도교의 제3동천이라 하였다.

시인은 20세 때부터 황하와 장강 일대를 여행하기 시작하였다고 한다. 그런데 이 시는 27세에 쓴 것인데, 백제성 높은 곳을 찾아간 이후 3년 만에 이곳을 방문하였다고 하니 시인의 계산은 좀 다른 데 있는 듯하다. '獨立乾坤逈, 坐觀江海流' 이 두 구는 앞의 시의 기백과 기상을 이은 것으로, 시인의 호쾌한 필치를 그대로 보여 준다고 할 수 있다.

> **tip** 주릉동은 축융사祝融寺와 약 4km 떨어져 있는데, 주릉대제가 거주하던 곳이다. 당대에는 '자개선동紫蓋仙洞'이라 하였고, 도가에서는 '주릉동천'이라 하였다. 다시 말해 신선들이 거주하던 동부洞府였다.

登南岳祝融峰絶頂幷題畵
남악 축융봉 정상에 올라 그림에 부치다

(民國) 張大千

竹杖穿雲蠟屐輕,　죽장 짚고 하늘에 오르니 나막신이 가볍고
春風扶我趁新晴.　봄바람이 나를 부축하니 갠 하늘이 새롭네.
上方鐘磬松杉合,　위쪽의 종경 소리 소나무 삼나무와 만나고
絶頂晨昏日月明.　산꼭대기의 아침저녁 해와 달로 밝아지네.
中歲漸知輸道路,　중년에 들어서 차츰 길이 옮겨 감을 알았으니
十年何處問升平.　십 년 뒤 어디에다 오르는 길 묻겠는가?
高僧識得眞形未,　고승은 참모습이 아예 없다는 것을 알고
破碎河山畵水成.　강과 산을 없애고 물만으로 그림 그리네.

* 蠟屐(나극): 양초를 칠한 나막신. 산을 오를 때 주로 신는다.

장대천張大千(장다첸, 1899~1983): 원명은 정권正權이고 나중에 원爰으로 바꿨다. 자는 계원季爰이고 호가 대천大千이다. 사천성 내강內江사람으로 원적은 광동성 번우番禺다. 그의 모친이 원숭이를 받는 태몽을 꾸었다고 하여, 21세 때 '猿'자로 바꾸었다가 다시 '爰'으로 바꾸었다. 출가하여 법호를 '대천'이라 하였다. 그래서 사람들은 '대천거사'라고 부른다. 20세기 최고의 중국 화가로, 회화뿐만 아니라 서예, 전각, 시사 등에서도 대단한 명성을 얻었다. 특히 산수화에 뛰어났는데, 나중에는 해외를 다니면서 묵과 물감을 하나로 융합하여 '발묵潑墨'과 '발채潑彩'라는 새로운 예술 풍격을 창안하기도 하였다.

|감상|

이 작품은 제화시題畵詩다. 즉 '그림에 붙인 시'라는 뜻이다. 그림을 보면 아래에는 세 사람이 형산을 오르려고 하고, 여름이라 산에는 수목이 울창하다. 수묵의 짙고 옅음이 뚜렷하여 원근을 가늠하고, 정상의 건물과 정상에 오르는 계단을 유난히 크게 그려 포커스가 여기에 있음을 알려 준다. 그리하여 시는 이곳 정상의 정경을 묘사하였다. 앞 네 구와 뒤 네 구는 내용이 완전히 상이하다. 전자가 산수를 노래한 것이라면, 후자는 철리를 밝힌 것이라 할 수 있다. 하지만 연결고리가 있다. 즉 자연을 통한 진리의 발견이기 때문이다.

2. 자개봉紫蓋峰

紫蓋峰　　　자개봉

(宋) 朱熹

誰能張紫蓋,	누가 자개를 펼쳤을까?
杳杳來空中.	아득히 멀리 공중에서 내려오네.
雙雙逼人淸,	쌍쌍으로 다가와 마음을 맑게 하고
對侍兩碧瞳.	푸른 두 눈동자를 섬기게 만드네.
我來待高秋,	내가 천고마비의 가을을 기대하니
飄然御天風.	표연히 하늘에 바람을 몰고 오네.
前驅二彩鳳,	앞에는 빛깔 좋은 봉황 한쌍이 몰고
乘予一蒼龍.	한 마리 푸른 용은 나를 태우네.

* 紫蓋(자개): 자색의 수레덮개

자개봉(1,041m)은 남악묘의 동쪽에 있으며, 산세가 험준하여 그 모양이 마치 장수들이 사용하는 의장용 깃발의 갓 같다고 하여 붙인 이름이다. 일설에는 자하화롱紫霞華籠(화롱은 고귀한 사람에게 헌화할 때 꽃을 담는 대그릇)의 덮개 같다고 하여 붙인 이름이라고도 한다. 대부분의 봉우리가 축융봉을 향해 읍을 하는 형상을 보여 주는 데 반해, 자개봉만은 남쪽을 향해 있다. 그래서 두보는 '축융봉은 다섯 봉우리 중 지존이고, 다른 봉우리는 들쑥날쑥 이어지니, 자개봉만 오직 방향을 달리할 뿐, 다투듯 높고 험하여 서로를 바라본다(祝隆五峰尊, 峰峰次低昂. 紫蓋獨不朝, 爭長嶪相望).'(<망악>)라고 하였다. 자개봉 정상에는 학천鶴泉, 선인지仙人池, 취록암翠麓岩, 학명대鶴鳴臺, 보로대寶露臺 및 천보대天寶臺 등의 경관이 있다.

|감상|

자개를 펼친 자는 누구일까? 아득히 먼 하늘에서 내려오는 것은 무엇일까? 해답은 바로 푸른 두 눈동자를 가진 자이다. 그는 사람들의 마음을 맑게 하고 그를 섬기게 만드는 신비한 힘이 있다. 또한 내가 높은 가을 하늘을 기다리고 있으면, 금방 하늘에 바람을 몰고 와 맑게 한다. 그는 두 마리 봉황이 끄는 수레를 타고 온다. 그렇다면 과연 그는 누구일까? 바로 신선이다.

3. 석름봉石廩峰

石廩峰　　석름봉

(宋) 張栻

歸然高廩倚晴天,　우뚝 솟은 석름봉 맑은 하늘에 기댔고
獨得佳名自古傳.　홀로 좋은 이름 얻어 예부터 전하였다.
多謝山中出雲氣,　산속에서 구름 나와 대단히 감사하니
人間長與作豊年.　인간들은 오래도록 풍년을 이룰걸세.

석름봉은 해발 1,193m로 형양현 계패진界牌鎭에서 형산현 마적진 馬迹鎭까지 이어져 있으며 주봉은 1,189.3m이다. 산꼭대기에 돌출된 둥근 바위가 두 개 있는데, 아래에서 보면 두 개의 문짝이 열린 것처럼 보이고, 또 다른 각도에서 보면 하나로 보여 문을 잠가 놓은 것처럼 보인다. 또한 봉우리 전체를 보면 미곡을 쌓아 둔 창고처럼 보인다고 하여 붙인 이름이다. <상중기湘中記>에 '닫혀 있으면 풍년이 들고, 열려 있으면 흉년이 든다(閉則歲豊, 開則歲儉).'라고 하였고, ≪남악총승집南嶽總勝集≫에는 '폭풍우가 닥치고 천둥이 치면, 산 아래 주민들은 석문이 닫히는 소리를 듣는다(暴風雷雨, 山下居人聞閉石門之聲).'라고 하였다.

|감상|

쌀을 쌓아 놓은 것처럼 생긴 봉우리가 하늘로 솟아 있다. 그리하여 옛날 '석름봉'이라는 이름을 얻어 오늘날까지 전한다. 산속에서 구름 생기는 모습을 보니 풍년이 들 거라는 생각에 감사한 마음이 들었다. 옛사람들은 석름봉의 형상이 곳간과 비슷하다고 하여 곡식의 수확과 깊은 관련이 있다고 여겼다. 두 개의 봉우리가 닫혀 있으면 풍년이 들고, 열려 있으면 흉년이 든다는 말이 있다. 봉우리가 어찌 열렸다 닫혔다 하겠는가? 보는 각도나 마음에 달려 있을 뿐이다.

石廩峰次敬夫韻　　〈石廩峰〉을 차운하다

(宋) 朱熹

七十二峰都揷天,　　일흔두 개 봉우리 하늘을 찌르는데
一峰石廩舊名傳.　　그중 하나인 석름봉은 예부터 이름이 전해졌다.
家家有廩高如許,　　집집마다 곳간이 이렇게 높다면야
大好人間快活年.　　즐거운 한 해 되어 크게 기뻐하리라.

남악에는 72개의 봉우리가 있다. 이 중 5개 봉우리가 유명하다. 축융봉, 천주봉天柱峰, 부용봉芙蓉峰, 자개봉, 석름봉 등이다. 석름봉은 이름이 특이하여 사람들의 입에 자주 오르내렸다. 곳간에 쌓아 놓은 곡식이 이 정도로 높으면 얼마나 즐겁고 행복한 나날이 될까. 농업사회에서는 먹을거리 걱정 없는 시대가 태평성대다.

石廩峰次敬夫韻　　　〈石廩峰〉을 차운하다

(宋) 林用中

石廩峰高直插天,　　석름봉 높이 솟아 하늘을 찌르니
芳名耿耿舊流傳.　　명성은 변함없이 예부터 전해 왔다.
好推佳惠敷寰宇,　　큰 은혜 베풀어 천하에 펼치니
始信人間大有年.　　바야흐로 인간 세상에 큰 풍년 오리라.

　앞의 두 시와는 달리 다분히 정치적이다. 풍년을 모두 언급했지만 이 시는 임금의 은덕과 연관 지었다. 임용중은 주희의 제자로 천문학에 깊은 관심을 보여 함께 연구하였다. 이학의 집대성자인 스승으로부터 충효를 제일 덕목으로 배운 것은 너무나 당연한 일이다. 앞 두 시와 비교하면 제1, 2, 4구는 거의 유사하고 제3구만 내용상 변화를 꾀했을 뿐이다.

水簾洞

4. 수렴동水簾洞

水簾洞　　수렴동

(宋) 李元輔

一片掛蒼崖,　구름 한 조각이 푸른 절벽에 걸렸으니
分明不惹埃.　먼지가 일지 않아 또렷하도다.
蹩成珠顆白,　순식간에 하얀 옥구슬 되어
垂下水簾來.　물 주렴을 아래로 드리우니,
野燕飛難入,　들녘의 제비 날아들기 힘들고
山風卷不開.　산바람도 걷을 수가 없구나.
聲聲去朝海,　소리소리 내며 바다로 흘러가지만
天意戀岩隈.　하늘의 뜻은 언제나 절벽을 그리워한다네.

이원보李元輔(리위안푸, 생졸연대 미상): 초상화를 그리는 데 능했다. 왕단王端이 석벽에 황제의 초상을 그리다 끝내지 못하고 죽자, 그에게 명하여 완성하도록 하였다(≪성조명화평聖朝名畫評≫).

| 해설 |

수렴동은 옛날에는 주릉동朱陵洞이라 불렀다. 자개봉 아래에 있으며 축융사와는 약 4km 떨어져 있다. 주릉대제가 거주하던 곳이라 한다. 당대에는 '자개선동紫蓋仙洞'이라 하였고, 도가에서는 '제삼동진허복지第三洞眞虛福地'로 여겨 '주릉태허소유지천朱陵太虛小有之天'이라 불렀으며 줄여 '주릉동천'이라 하였다. 다시 말해 신선들이 거주하던 동부洞府였다. 수렴동폭포의 물은 자개봉에서 시작하는데, 세 갈래 샘물이 수렴동 위의 못으로 유입된다. 석벽을 타고 나는 듯이 떨어지는데, 폭은 약 3m에 달하고 높이는 50m가 넘는다. 물 떨어지는 소리가 천둥소리 같아서 10리 떨어진 곳까지 들린다. 수렴동 아래에는 푸른 못이 있는데 구름과 경치가 비치어 마치 한 폭의 산수화를 연상케 한다.

| 감상 |

폭포를 멀리서 보면 마치 절벽에 하얀 조각이 하나 걸려 있는 듯하다. 날씨가 맑으면 더욱 또렷하게 보인다. 가까이 가서 보면 그것이 물줄기라는 것을 알 수 있는데, 더 자세히 보면 물방울이 햇빛에 반사되어 반짝반짝 빛나는 옥구슬처럼 보인다. 그런 옥구슬을 엮어 만

든 것이 '수렴'이다. 시인들은 폭포를 보면 대부분 이렇게 느꼈다. 그런데 이 작품이 형산 <수렴동>의 대표적인 시로 인정받는 이유는 뒤편 네 구에 있다. 먼저, 시인은 바람을 가르며 나는 들녘의 제비도 뚫고 지나갈 수 없다 하였고, 세차게 부는 산바람도 걷을 수가 없다 하였다. '야연野燕'과 '산풍山風'의 등장은 고정된 폭포(자체적인 동력이 있긴 하지만)에 자연의 동력을 불어넣는 효과를 가져왔고, 또한 동력의 차이를 통해 '수렴'의 강도를 독자들에게 금방 인지할 수 있게 했다. 이런 점에서 서경적 묘사가 대단히 돋보인다. 산속에는 언제나 새가 날고 바람이 불지만, 세차게 흘러내리는 폭포에 대항할 수 있는 것을 특별히 설정한 이유가 바로 여기에 있다. 원천에서 나온 샘물은 개울을 따라 졸졸 흘러가다, 점점 거친 물굽이를 돌아나가며, 폭포도 만나고, 소리소리 지르며 바다로 나아가는데, 자연물이긴 하지만 그것도 언제나 마음은 낭떠러지에 있을 것이라는 시인의 자의적인 상상력은 수렴동의 가치를 격상시켰다. 또한 '연戀'이라는 글자를 통해 자연에 감정이입을 시도한 것은 자연물도 하나의 생명체라는 사실을 알리고 자신의 감정을 대변하는 역할을 수행토록 한 것이다.

天下第一泉

水簾洞　　수렴동

(明) 張居正

誤疑瀛海翻瓊浪,　　큰 바다의 뒤집힌 파도라고 잘못 생각하거나
莫擬銀河落碧流.　　푸른 강물에 떨어지는 은하라고 여기지 마라.
自是湘妃深隱處,　　절로 아황과 여영의 깊은 은신처 되었으니
水晶簾掛五雲頭.　　수정발이 다섯 색깔 구름 끝에 걸려 있도다.

장거정張居正(장쥐정 1525~1582): 원적은 봉양현鳳陽縣(지금의 안휘성에 속함)이고 증조부 때 호광湖廣 강릉江陵(지금의 호북성에 속함)으로 이주하였다. 자는 숙대叔大이다. '장강릉'이라고도 부르고, 호는 태악太岳이며, 시호는 문충文忠이다. 명대의 유명한 정치가 중한 사람이자 개혁가이다.

|해설|

상비湘妃는 요임금의 두 딸이자 순임금의 처가 된 아황娥皇과 여영女英을 일컫는다. 아황과 여영은 강남으로 순수를 떠난 순임금을 쫓아가다가 순임금이 창오蒼梧에서 죽었다는 얘기를 듣고 통곡하면서 산과 들판의 대나무에 눈물을 뿌려 자국을 남겼다. 그 대나무를 일컬어 '반죽斑竹'이라 한다. 그러고는 상수에 몸을 던져 목숨을 끊었다. 죽은 후에는 상수의 신으로 추앙받았다.

|감상|

같은 경물이라도 각자 보는 시각과 상상력에 따라 표현은 천차만별이다. 특히 시인들의 상상력은 무궁무진해, 거기서 나오는 표현은 독자의 상상을 초래한다. 이 시에서도 보듯 하나의 폭포수를 두고 '영해瀛海', '은하銀河', '오운五雲' 등의 경물을 등장시켰다. 시인이 한 시대를 풍미한 정치가이자 개혁가여서 그런지 일반 문인의 스케일을 뛰어넘은 것 같다. 또한 '상비'가 상수의 신이고 상수는 남악을 끼고 있다는 발상으로 수렴동을 그들의 산속 은신처로 상상한 것 역

시 매우 도발적이다. 그래서 시인을 풍부한 상상력의 소유자이자 언어마술사라고 하는지도 모른다.

3장/
사찰寺刹

1. 방광사方廣寺

遊方廣寺　　　방광사에서 노닐다

(唐) 李白

聖寺閒棲睡眼醒, 　신성한 사찰에서 한가롭게 지내다 졸린 눈 뜨면

此時何處最幽淸. 　이때 어디가 이곳만큼 그윽하고 맑을까?

滿窗明月天風靜, 　창에는 밝은 달 가득하고 하늘엔 바람조차
　　　　　　　　　고요한데

玉磬時聞一兩聲. 　옥경 소리만이 때때로 한두 번씩 들리는구나.

이백李白(리바이: 701~762): 자가 태백太白이고 호는 청련거사青蓮居士이며 스스로 취선옹醉仙翁이라 하였다. 두보와 더불어 중국 역사상 최고의 시인이며 '시선詩仙'으로 불린다. 그는 사천성의 부유한 가정에서 태어났으나 25세 때부터 전국 각지를 유람하였다. 당 현종을 만나 한림봉공翰林供奉에 제수되었으나, 안록산의 난을 겪으면서 영왕永王 이린李璘의 막료로 활약했다는 이유로, 황제가 된 숙종에 의해 귀양을 갔다가 곽자의郭子義의 구명으로 사면되었다. 그 후 유랑생활을 하다 안휘성에서 객사하였다.

|해설|

방광사는 연화봉 아래에 있으며, 남조시대 양梁나라 천감天監 2년(503)에 당시 고승인 혜해惠海 스님이 이곳에 처음으로 암자를 세웠다(≪남악지≫). 혜해 스님이 하루는 불경을 외고 있는데 다섯 명의 신체 건장한 남성이 갑자기 찾아와 만나기를 청했다. 얼굴을 보니 청青, 황黃, 자紫, 백白, 흑黑 등의 다섯 색깔이었고 모두 흰 도포를 입고 있었다. 어디서 왔느냐고 물으니 남악에 사는 다섯 용신龍神이라고 대답하였다. 그들은 설법을 요구하며, 허락한다면 이곳에다 평지를 만들어 주겠다고 약속하였다. 다음 날 아침 일어나 보니 과연 넓은 평지가 있었다. 그리하여 스님은 여러 사람들로부터 적선을 받고 모금하여 방광사를 지었다. '방광사'란 이름은 불법佛法의 '시방광포十方廣布(사방으로 널리 알림)'라는 말에서 나왔다(≪一統志≫).

이후 여러 차례 사라졌다가, 명대 숭정崇禎 연간에 도윤석堵允錫과 왕부지 형제 등이 이곳에 와서 수행하였다. 현재 정면으로 정전正

殿과 조사전祖師殿이 있고 옆으로는 이현사二賢祠가 있는데, 이현사
는 주자와 장식이 이곳에 와서 강학한 것을 기념하기 위하여 만든 사
당이다. 주변으로 흑사담黑沙潭, 황사원黃沙源, 석장담石漳潭, 백사담
白沙潭 등이 있다.

이백은 '오악이 멀다고 찾는 것 마다 않고, 평생 명산 찾아 유람하
기 좋아했네(五嶽尋山不辭遠, 一生好入名山遊).'라고 스스로 밝힌 것
처럼 명산 유람을 평생의 취미로 삼았다. 그는 숙종 건원乾元 원년
(758) 가을에 장사를 방문하였다가 상강을 거슬러 올라와 형악을 유
람하였다.

|감상|

이 시는 사경시寫景詩의 진수를 보여 준다. 이백이 '성사聖寺'라고
한 것은 연화봉 아래 깊은 산속에 위치하고 있으며, 주위에는 삼림이
울창하고 잔잔한 시내가 흐르고 있어, 성스럽게 느낄 정도의 분위기
를 자아내고 있기 때문이다. 이백은 이곳에서 한가롭게 지내다 깜박
잠이 들었는데 문득 눈을 떠 보니 방광사의 정적과 그윽함이 새삼 가
슴에 와 닿았다. 흐르는 물소리, 울창한 나무숲 그리고 촘촘한 대나무
등이 어울려 산사의 분위기를 자아내기 때문이다. 그리하여 이백은
이곳이 가장 '유청幽淸'하다고 찬사를 아끼지 않았다. 마지막 두 구에
밝은 달밤에 바람소리 한 점 없는 고요한 산속에서 옥경 소리만이 한
두 차례 들린다고 표현한 것은 산사의 깊고 아늑한 분위기를 그대로
반영하였다고 할 수 있다. '방광사에 가 보지 않으면 남악의 유심幽深함
을 알 수가 없다(不遊方廣, 不知南岳之深).'고 한 것은 이런 이유에서다.

宿方廣寺　　방광사에 묵다

(宋) 朱熹

俗塵元逈隔,	속세와 멀리 떨어져 있으니
景物倍增明.	경물이 곱으로 훤하게 보이네.
山色四周碧,	낮에는 사방 산색이 푸르고
泉聲永夜淸.	긴 밤에 들리는 물소리 맑기만 하네.
月華侵戶冷,	달빛이 집 안으로 들어와 차갑고
秋氣與雲生.	가을기운은 구름과 더불어 생겨나네.
曉起尋歸路,	아침에 일어나면 길 찾아 돌아가야 하니
題詩寄此情.	이 감정을 실어 시에 붙이노라.

  1167년 8월에 남송의 저명한 이학가 주희는 호남 제형提刑인 장식
張栻(1133~1180)의 초청을 받아 임택지林擇之, 범염덕范念德 등의 문
하생들을 데리고 장사를 방문하여 악록서원에서 강학을 하였다. 또한
≪예기≫, ≪중용≫ 등을 토론하여 '악록회우岳麓會友'라고 불렸다.
이해 늦가을에 주희와 장식 외 임택지를 포함한 여러 문인들이 함께
남악에 올랐는데, 이때 시흥이 일어 수창酬唱하면서 지은 시가 149수
나 되었다. 그것이 ≪남악수창집≫으로 편집되어 전해 온다. 그중 삼
분의 일은 방광사에서 지은 것이다. 후인들이 그들의 남악 유람을 기
념하기 위하여 특별히 방광사에 이현사二賢祠를 지었다.

  시인은 오랜만에 도시를 떠나 산에 올랐다. 그랬더니 경물이 배로
맑아 보였다. 그는 속세를 '속진俗塵'이라 표현하여 속세를 먼지 낀
곳으로 보았기에, 먼지가 없는 산속은 당연히 더욱 맑게 보이기 마련
이다. 낮에 보이는 것은 온통 푸른색이고, 밤에 들리는 것은 맑은 물
소리뿐이다. 때는 늦가을이라 집 안으로 들어오는 달빛은 차갑고 하
늘에 떠다니는 구름을 보며 가을 기운을 느낀다. 푸른 산색, 맑은 물
소리, 차가운 달빛, 뭉게구름 등이 시인이 느끼는 가을기운의 주요 경
물로 등장하였다. 늦가을 '푸른 산색'이 의아하지만 남악이 호남성에
있다는 생각을 하면 이해가 될 부분이다. 시인은 불현듯 내일 아침이
면 떠날 몸이라 생각하니 아쉬운 마음이 들어 이 시를 남겼다. 그는

송대 대표적인 이학가지만 이 시는 사령운의 전형적인 산수시를 답습하였다고 볼 수 있다.

步宿方廣寺韻　　〈宿方廣寺〉를 차운하다

(宋) 張栻

雨後溪重碧,　　비온 뒤 개울이 더욱 푸르고
木落山增明.　　나뭇잎 떨어지니 산 더욱 훤하네.
西風肅群物,　　가을바람 부니 모든 사물 시들고
感此秋氣淸.　　이걸 느끼니 가을기운 더욱 맑네.
振衣千崖表,　　옷 털고 천 길 낭떠러지에 올라
俯瞰萬籟生.　　아래 내려 보니 자연의 소리 들리네.
匪生幽遐慕,　　깊고 아련한 그리움 생기진 않지만
政爾未忘情.　　감정을 억제할 합당한 방법이 없노라.

이 시는 주희의 <방광사에 묵다宿方廣寺>를 보운한 시이다. 따라서 운각(明, 淸, 生, 情)이 모두 동일하다. 또한 앞의 세 연이 기사記事와 서경敍景이고 마지막 연이 서정抒情으로, 순서도 꼭 같다. 하지만 여기서는 가을바람과 자연의 소리만으로 가을기운을 느꼈다. 앞의 시는 정적인 상태에서 시차(낮과 밤)를 통해 가을 기운을 느낀 반면, 이 시는 정적인 장면에서 동적인 상태로 옮기면서 여러 산에서 만날 수 있는 자연의 소리를 모두 들었다. 이러한 자연 경물을 통해 얻는 것은 마음속 깊이 자리 잡은 그리움의 출현이 아니라, 자연을 통해 느끼는 감정의 전율이다. 시인은 전율을 푸는 방법을 찾지 못했다고 하지만, 어쩌면 찾을 필요가 없다고 여겼을지도 모른다.

步宿方廣寺韻　　〈宿方廣寺〉를 차운하다

(宋) 林用中

登山極目望,　산에 올라 눈 닿는 데까지 바라보니
梵宇自鮮明.　불사가 절로 선명하게 드러나네.
風度閑花落,　바람 지나가니 들꽃 떨어지고
雲低野樹淸.　구름 낮으니 들녘 나무 맑아지네.
夜長人不寐,　밤이 길어 사람들 잠 못 이루고
地僻月初生.　땅이 후미져 달이 솟기 시작하네.
明發又歸去,　날 밝으면 다시 돌아가야 하지만
何能已此情.　어찌 이 감정을 그칠 수 있으리?

　‘보운步韻’이란 타인이 쓴 시의 운각韻脚을 그대로 가져오고 순서도 똑같이 창화唱和하는 것을 말한다. 당대 때 백거이가 원진元稹과 창화하면서 시작되었다. 송대에 이르러 더욱 성행하였는데 ‘차운次韻’이라고도 부른다.

|감상|

　이 시 역시 주희의 <방광사에 묵다宿方廣寺>를 보운한 시이다. 따라서 운각이 모두 동일하다. 또한 앞의 세 연이 모두 서경이고, 마지막 연이 서정으로 순서도 꼭 같다. 다만 제1연에는 기사가, 제3연에는 서정이 일부 포함되어 있으나, 산수시의 전형적인 형태인 기사와 서경 그리고 서정으로 이어지는 전체적인 순서는 그대로 답습하였다.

　시인은 늦가을 바람은 꽃을 떨어뜨리고 낮은 구름 아래 보이는 들녘의 나무는 더욱 뚜렷하다고 하였다. 바람과 꽃, 구름과 나무는 스산한 가을의 야외 정취를 드러내는 데 적격이다. 또한 늦가을의 긴 밤은 주희도 언급했지만(긴 밤에 들리는 물소리는 맑기만 하네‘泉聲永夜淸’) 시인 역시 ‘밤이 길어 사람들 잠 못 이루고(夜長人不寐)’라 하여 쉽사리 잠 못 드는 산속의 하룻밤을 있는 그대로 묘사하였다. 야밤의 산사山寺에서 빠지지 않는 것은 달이다. ‘달빛’에 늦가을의 분위기를 넣으면 ‘차가운 달빛’이 된다.

2. 상봉사上封寺

題上封寺　　상봉사에 부치다

(宋) 劉摯

磴險梯危路忽窮,	위험한 돌층계 길 문득 끝나고
勝遊須到祝融峰.	즐겁게 놀다 보니 축융봉에 이르렀네.
九千丈外雲間寺,	구천 길 밖 구름 속의 절,
一萬餘年石上松.	만 년 넘은 바위 위 소나무,
引手莫高疑觸斗,	손으로 끌면 높지 않아 북극성에 닿을 듯하고
臨池毋久恐興龍	못에 다가가면 오래지 않아 용이 깰까 두렵네.
此山惜與中都遠,	이 산은 안타깝게도 개봉과 멀어
未得君王檢玉封.	임금이 봉선의식 치르지 못하네.

* 中都(중도): 북송의 수도인 개봉開封
* 檢(검): 봉하여 숨기다.
* 玉封(옥봉): 제천祭天의식 문건을 보관하는 함 뚜껑으로, 옥으로 됨.
* 檢玉封: 제천의식을 지낸 후 그 문건을 함에 넣어 숨김.

유지劉摯(류즈, 1030~1098): 자는 신로莘老이며 북송 영정永靜 동광東光 사람이다. 가우嘉祐 4년에 진사 갑과에 급제하였다. 능력이 출중하고 정치적 업적이 탁월하였다. 또한 강직하고 충성심이 강해 철종 사후에는 우승상右丞相인 한충언韓忠言이 그에게 '충숙忠肅'이라는 칭호를 붙여 주었다. 나중에 다시 '원우충현元祐忠賢'이라는 시호가 추증되었다. ≪충숙집忠肅集≫이 전한다.

|해설|

상봉사는 형산 정상에 있으며, 남악묘와는 약 10km 떨어져 있다. 남악에서 가장 오래된 고찰이며, 수대 이전에는 광천관光天觀이라 불렀다. 도교에서는 스물두 번째 복지福地로 알려져 있다. 상봉사 오른쪽 위로는 관일대觀日臺가 있고 왼쪽으로는 축융봉이 있다.

|감상|

이 시는 상봉사의 고준함과 신비감 그리고 깊고 위험스러움을 모두 담았다. 상봉사 왼쪽으로 축융봉이 있고 뒤에는 희양봉喜陽峰의 원시 활엽수림이 둘러싸고 있다. 앞쪽 오른편으로는 삼나무 숲이 가까이 있어 이곳에 오르면 심신이 모두 무엇에 홀린 듯하다. 축융봉이 1,289.8m, 희양봉이 1,266m이므로 상봉사는 적어도 해발 1,200m 이상은 된다. 그러므로 이곳에 서면 '손으로 끌면 높지 않아 북극성에 닿을 듯하고, 못에 다가가면 오래지 않아 용이 깰까 두렵네(引手莫高疑觸斗, 臨池毋久恐興龍).'하는 시구처럼 고준함과 신비로움을 동시에 느끼게 된다.

上封寺　　상봉사

(明) 羅洪先

絶地敞龍宮,　　길 끊어진 곳에 용궁이 드러나고

千峰擁祝融.　　수많은 봉우리 축융봉을 에워쌌네.

烟雲遙泛海,　　구름이 멀리 바다를 떠다니고

樓閣盡懸空.　　누각은 저 끝 공중에 걸려 있다.

檻俯荊中樹,　　난간에서 형주의 나무 굽어보고

窓來天際鴻.　　창으로는 하늘 끝 큰 기러기 다가온다.

不須談脫屣,　　모름지기 가볍다 얘기 안 해도

雙足正乘風.　　두 발은 마침 바람 타고 다니네.

* 荊(형): 형주. 춘추전국 시대 초나라의 별칭
* 脫屣(탈사): 신을 벗다. 가볍게 보일 때 쓰는 비유이다.

나홍선羅洪先(뤄훙셴, 1504~1564): 자는 달부達夫이고 호는 염암念庵이다. 강서 길수吉水 사람이다. 명대의 걸출한 지리학자이자 지도 제작자이기도 하다. 평생 지리학에 매진하며 내용이 풍부하고 위치가 정확한 <광여도廣輿圖>를 만들었다. 서방의 모카터(Gerardus Mercator, 1512~1594)와 비견되는 동방의 지리학자다.

|감상|

이 시 역시 앞의 시와 마찬가지로 상봉사의 고준함과 신비로움을 그려 내었다. 길이 끝나는 곳에 위치하고 축융봉을 주위에 두며 운해를 내려다볼 수 있는 높은 하늘 끝에 있다. 아래로 숲이 보이지만, 위로는 더 이상 보이는 것이 없다. 그래서 큰 기러기(鴻)를 불러들였다. '鴻'은 상상의 기러기로 연작燕雀과 반대되는 의미로 주로 쓰인다. 산의 정상은 언제나 바람이 많이 분다. 바람에 의해 움직이다 보니 몸이 가볍다. 무거운 신발을 벗은 기분이다.

3. 철불사鐵佛寺

鐵佛寺　　　철불사

(民國) 郭沫若

鐵佛披金色相黃,	쇠 부처에 금색 입혀 누렇게 된 것은
紀元寶慶未能詳.	보경 연간인지 자세히 알 수가 없다.
戲從雜卦徵休咎,	잡괘전을 좇아 놀면 길흉을 물리치고
聊倚殘餐潤肺腸.	상한 음식에 의존해도 마음은 윤택하다.
鷄膾應輸蘿菔味,	닭회는 응당 무 맛으로 대체하고
魚鮮鷄敵豉乳香.	어선계향은 시유계익으로 맞서 본다.
鄴侯簽軸稱三万,	업후는 죽통 속 두루마리가 삼 만이라 했는데
此地空餘一廢堂.	이곳에는 헛되이 폐가만이 남았구나.

* 寶慶(보경): 남송 황제 이종理宗 때의 연호
* 雜卦(잡괘): 잡괘전. 64괘의 순서를 어기고 해설한 것. 피상적인 해
  설로 원래의 의미를 왜곡시킴.
* 魚鮮鷄(어선계): 어선계향魚鮮鷄香의 줄인 말로 요리 이름
* 豉乳(시유): 시유계익豉乳鷄翼의 줄인 말로 요리 이름
* 鄴侯(업후): 당대 장서가 이밀李密

곽말약郭沫若(궈모뤄, 1892~1978): 사천성 낙산樂山 사람이다. 문학가, 극작가, 시인, 역사학자, 고문자학자, 서예가 등 모든 부분에 출중했다. 저술 또한 대단히 많으며, 신시新詩운동의 기반을 닦았다.

|해설|

철불사는 남악의 연하봉 축고령 등산로 변에 있으며 해발 840m이다. 원래 이름은 보국사報國寺이나 나중에 철불사로 바뀌었다. 남송 보경 연간(1225~1227)에 지었다(일설에는 당대唐代라고 함). 원래 돌담에다 푸른 기와를 덮었는데, 유리기와가 여러 번 깨진 적이 있어 1919년에 중수하였다. 면적은 그리 크지 않으나 유명세가 만만치 않다. 곽말약은 1938년 12월 초 주은래 등과 함께 이곳을 방문하였다.

|감상|

곽말약이 남악을 방문한 1938년에는 중일전쟁이 발발하여 국민당과 공산당은 중경과 연안을 중심으로 각자 세력영역을 형성하여 항일전쟁을 치르고 있을 때였다. 그래서 시 내용이 그런 분위기를 잘 표현하고 있다. 철불사의 건립 시기가 남송의 보경 연간이 아닐 수도 있다는 의견을 제시한 것은 역사학자로서 간과할 수 없는 입장을 밝힌 것이다. 그리고 잡괘전, 상한 음식, 무, 시유계익 등은 공산당의 유가 경전에 대한 부정적인 인식과 전쟁 중에 일어나는 물질적 부족현상을 정신적으로 이겨 내는 불굴의 항일정신을 잘 보여 주고 있다. 마지막으로 연하봉 아래에 자리 잡은 업후서원과 철불사를 비교하며 상대적으로 초라한 철불사에 대해 탄식하였다.

4장/
남악차 南嶽茶

夜得岳後庵僧家園新茶
밤에 승가원에서 새 찻잎을 얻다

(宋) 朱熹

小園茶樹數十許,　작은 동산에 차나무 수십 그루
走寄萌芽初得嘗.　새로 딴 찻잎 보내 주어 처음으로 맛 보네.
雖無山頂煙嵐潤,　산꼭대기 비록 남기에 젖진 않았지만
亦有靈泉一派香.　신령스런 샘물에 한 줄기 향내 피어나네.

醉 眠 洞
Drunk Sleep Cave

|해설|

　이 시의 원래 제목은 <夜得岳後庵僧家園新茶甚不多輒分數碗奉伯承>이다. 밤에 산 뒤에 위치한 암자의 승가원에서 새로 딴 차를 조금 얻었는데 몇 그릇에 나누어 윗분들에게 드렸다는 내용이다.

　남악은 일 년 동안 대부분 운무가 끼어 차나무가 자라기에 매우 적합하다. '운무차雲霧茶'가 특히 유명한데 향이 짙고 맛이 담백하여 당대부터 이미 공물貢物로 바쳤다. 차나무는 일반적으로 해발 800~1,000m 정도에서 잘 자라는데 광제사廣濟寺, 철불사, 화개봉華蓋峰 등지에 많이 심었다. 그중에서도 석름봉 아래에 있는 광제사에서 나오는 비릉차毗陵茶가 가장 유명하다.

|감상|

　4월 5일 청명절 전에 찻잎을 따면 명전차明前茶라고 하고, 곡우인 4월 20일 전에 따면 우전차雨前茶라고 한다. 그리고 곡우와 입하 사이인 5월 5일경에 따면 세작차라고 하는데, 세작차도 아침이슬이 맺힐 때 딴 것이 가장 맛이 좋다. 시인은 새싹을 따서 만든 찻잎을 얻어 시음하려고 한다. 남기 자욱한 날이면 산 전체가 다향茶香으로 가득차지만, 오늘은 운무가 깨끗이 걷힌 맑은 날이다. 그래서 마시고 있는 다기에서 뿜어져 나오는 한 갈래 향기가 주위를 가득 채운다.

次朱熹前韻　　주희의 앞 시를 차운하다

(宋) 張栻

新英簇簇燦旗槍,　　새싹이 빽빽하니 기창차가 눈부시어

僧舍今朝得味嘗.　　절에서 오늘 아침 그 맛을 보려 하네.

入座半甌浮綠泛,　　자리에 앉아 작은 사발에 녹차 잎 띄우니

鴉山鳥啄不如香.　　새부리 모양의 아산차도 이 향만 못하리라.

tip 1 기창旗槍은 녹차 이름으로, 절강의 서호구西湖區와 여항餘杭, 부양富陽, 소산蕭山 등지에서 난다. 찻잎에 뜨거운 물을 부으면 잎 모양이 깃발처럼 퍼지고 싹 모양이 창과 같이 뾰족하게 선다고 하여 붙인 이름이다. 약 400년 정도의 역사를 가지고 있다.

tip 2 아산鴉山은 안휘성 낭계현浪溪縣 남쪽에 있는 산 이름으로, 여기서 나는 녹차를 아산차라 부른다. 아산차 역시 당대부터 조정에 공물로 바쳤다. 자고로 당시 차 중에 최고였다.

|감상|

남악에서 나오는 운무찻잎은 뜨거운 물을 넣으면 깃발처럼 퍼지고 창처럼 솟기에 '기창'이라 하였다. 따라서 여기서는 후대에 나온 절강의 기창차를 가리키는 것이 아니라 운무차를 '기창'이라고 표현했을 뿐이다. 아침에 산사에서 마시는 차 한 잔은 번뇌를 씻고 '모든 것이 마음먹기에 달려 있다(一切唯心所造)'는 참된 삶의 의미를 되새기게 한다.

步朱熹前韻　　주희의 앞 시를 차운하다

(宋) 林用中

芽吐金英風味長,　새싹이 누렇게 피어나니 향토 맛이 진해
我于僧舍得先嘗.　나는 절에서 먼저 그 맛을 보려 하네.
飮時各盡盧仝量,　마실 때면 노동이 마신 양만큼 비우니
去膩除繁有遠香.　느끼한 냄새 사라지고 향기 멀리 퍼져 가네.

|감상|

시를 지은 시기는 찻잎이 싹트는 봄이다. 황금색 꽃부리가 모습을 드러내면 어김없이 따서 말려 찻잎을 만든다. 이때 딴 것이 가장 좋은 차다. 그리하여 산사에서 누구보다도 먼저 그 맛을 볼 수 있다. 위의 세 시인 모두 이것을 대단한 특혜라고 여기고 있다. 산수 유람도 좋지만 그 지방 특유의 향내가 나는 차를 마시는 것도 큰 즐거움이다. 시인은 특히 노동에 버금갈 만큼 차를 마신다고 하였으니 대단한 차 애호가였음을 알 수 있다.

南岳摘茶詞　　　남악의 찻잎을 따는 노래

(明) 王夫之

其一　　　제1수

深山三月雪花飛,　　깊은 산 삼월 눈꽃 날리고
折笋禁桃乳雀饑.　　꺾인 죽순, 금단의 복숭아, 굶주린 어린 참새.
昨日剛傳過穀雨,　　어제 막 곡우가 지났다 전하는데
紫茸的的賽春肥.　　자줏빛 새싹이 실로 봄날의 튼실함을 겨루네.

* 穀雨(곡우): 이십사절기 중의 하나

왕부지는 여러 차례 남악에 숨어 산 적이 있는데, ≪찻잎을 따는 노래摘茶詞≫는 순치順治 16년(1659)에 남악의 연화봉(지금의 부용봉) 아래에 있는 속몽암續夢庵에서 지었다. 그때 나이 41세였다. 전해 오는 그의 시는 모두 오백여 수가 되는데, 차와 관련된 시는 ≪찻잎을 따는 노래≫ 10수가 전부이다.

그는 연화봉 아래에서 도합 9년을 살아 남악의 차에 대하여 일가견이 있었다. 그래서 ≪찻잎을 따는 노래≫ 10수에는 차밭의 경치뿐만 아니라, 찻잎을 따는 것부터 찌고 볶는 과정을 세세하게 그렸고 어떤 것이 우수한 품종인지도 서술하였다.

|감상|

음력 삼월 깊은 산에는 여전히 눈꽃이 날린다. 농민들은 새로 난 죽순을 꺾으며 하루를 보내고 복숭아 열매는 금단의 열매라 딸 수가 없다. 갓 태어난 참새는 배가 고픈지 소리를 지른다. 어제 막 곡우가 지났는데, 차나무에 달린 새싹은 오히려 튼실해서 서로 경쟁하듯 자란다. 곡우는 양력 4월 20일 혹은 21일이다. 곡우 전에 따는 찻잎을 우전차라고 하는데, 청명 전에 따는 명전차와 더불어 최고의 품질을 자랑한다.

其二　　　　제2수

濕雲不起萬峰連,　　비구름 일지 않고, 이어진 수많은 봉우리,
雲裏聞他笑語喧.　　구름 사이로 웃고 떠드는 소리 들리네.
一似洞庭烟月夜,　　마치 동정호의 안개 자욱한 달밤에
南湖北浦釣魚船.　　남쪽 호수와 북쪽 포구의 고깃배에서 나는
　　　　　　　　　　소리 같구나.

농도 짙은 비구름이 천산만학千山萬壑에 가득하다. 그 속에서 사람들이 웃고 떠드는 소리가 들린다. 시인은 이 소리가 마치 안개 자욱한 동정호에서 달밤에 고기 잡으며 부르는 노랫소리와 비슷하다고 느꼈다. 찻잎을 딸 때의 정경과 노동을 낙관적인 입장에서 서술하였다. 형산과 동정호를 오가며 살았던 시인은 형산의 낮 풍경과 동정호의 밤 정취를 상기하며 소리를 통하여 시간(낮과 밤)과 공간(산과 호수)을 접목하였다.

其三　　　제3수

晴雲不采意如何,　　맑은 날 기다리지 않고 따는 이유는
帶雨捎雲摘倍多.　　비 내리고 구름 스쳐도 수확이 많아야 하기 때문.
一色石姜葉笠子,　　석강의 두립으로 일색인 것은
不須綠箬襯靑蓑.　　녹색 대껍질로 만든 도롱이가 필요치 않아서지.

* 笠子(입자): 두립斗笠. 대나무 껍질로 만든 창이 긴 삿갓. 농촌에서 야
　　외 일을 할 때 주로 씀.

   맑은 날을 기다리지 않고 비 오고 흐린 날인데도 따는 이유는 무엇일까? 부지런히 따야 수확을 배로 늘릴 수 있기 때문이다. 그리고 찻잎을 따는 농부가 삿갓만 쓰고 도롱이를 입지 않은 이유는 무엇일까? 그다지 큰 비가 내리지 않기 때문이다. 이 시는 비와 안개를 무릅쓰고 찻잎을 따는 현장을 생생하게 그렸다. 이리하여 오늘날까지 이슬을 머금은 찻잎을 따는 것이 관례가 되었다.

其四   제4수

一槍才展二旗斜,　　한 개의 창에 두 개의 깃발 비스듬히 펼치고
萬蔟綠沈間五花.　　짙은 녹색의 수많은 떨기 오행진을 이루네.
莫道風塵飛不到,　　바람에 먼지 흩날리지 않는다고 말하지 마라
鞠尖隊隊滿洲靴.　　찻잎 따는 사람들 만주 신발 신은 듯하니.

* 五花(오화): 오행진五行陣. 다섯 방향(동, 서, 남, 북, 중앙)으로 대
  열을 이룬 것
* 鞠尖(국첨): 뾰족한 삿갓 쓰고 허리 구부려 찻잎 따는 사람을 일컬
  음.
* 滿洲靴(만주화): 만주 신발. 황토 흙이 묻어 누렇게 된 신발을 일컬
  음.

　시인은 차밭을 세밀하게 관찰하였다. 찻잎의 모양, 대열을 이룬 차나무, 먼지에 쌓인 농민들의 신발 등등. 멀리서 보면 차밭은 먼지 없이 깨끗하며 동작이 별로 없는 공간으로 여겨지지만, 다가가 보면 실상은 그렇지 않다. 흩날리는 먼지 속에서 부지런히 움직이는 아녀자들의 모습에서 쉽게 찾을 수 있다. 제1구에 '창槍'과 '기旗'가 등장하는 것은 싹이 뾰족하여 창과 같고, 펼쳐진 잎의 모양이 깃발과 같다고 하여 붙인 이름이다.

其五　　　제5수

瓊尖新炕鳳毛毸,　　새로 말린 찻잎은 봉황이 날개 펼친 듯하고
玉版兼蒸龍子胎.　　옥란편은 용의 태반을 쪄서 나온 듯하네.
新化客遲六峒遠,　　신화의 길손들이 늦어지고 육동은 더욱 멀어
明朝相趁出城來　　내일 아침 함께 형산衡山성으로 가리라.

* 瓊尖(경첨): 찻잎을 가리킴.
* 玉版(옥판): 옥란편玉蘭片. 겨울이나 봄에 딴 연한 죽순을 가공하
  여 만든 제품
* 新化(신화): 지역 이름
* 六峒(육동): 지역 이름

우리가 먹는 중국차는 대체로 세 가지 방법으로 만들어진다. 첫째, 미발효차로 흔히 '녹차'라 부른다. 찌거나 볶은 다음 건조시켜 만든다. 둘째, 반발효차(발효도 10~70%)로 흔히 '청차' 혹은 '오룽차'라 부른다. 셋째, 완전발효차로 흔히 '홍차'라 부른다.

이 시에 나오는 차는 남악에서 나오는 녹차이다. 남악의 차로는 운무차가 가장 유명하다. 제1구는 찻잎에 대한 묘사이고 제2구는 가공한 죽순에 대한 묘사이다. 제3, 4구에서는 남악의 차와 신화와 육동에서 나오는 옥란편을 상품화하여 판매하는데, 집산지가 형산성임을 알려 준다. 당시의 유통 경로를 알 수 있다.

其六 　　　제6수

小築團瓢乞食頻，　움막에서 살며 둥근 표주박으로 걸식하는 사람에게
隣僧勸典半畦春，　이웃집 승려가 반 뙈기 차밭을 봄에 잡히라 권하네.
償他監寺幇官買，　찻잎은 관에서 수매토록 하여 사감에 상환하고
剩取篩餘幾兩塵．　자신은 체에 남은 차 찌꺼기 몇 량만을 취하네.

　　　* 監寺(감사): 사감寺監. 옛날 태상사太常寺, 광록사光祿寺, 장작감將作
　　　監, 도수감都水監 등 사寺와 감監 두 명칭의 관청을 모두 일컫는 말
　　　이다.

|감상|

이 시는 남악에서 소규모로 차농사를 짓는 농부의 빈곤한 생활상을 담았다. 움막에서 매일 구걸하듯이 살아가는 농부에게는 반 떼기의 차밭이 유일한 재산이다. 하지만 이것도 관청에 저당을 잡혀야 한다. 이후로 거기서 나오는 소득으로 저당금을 갚아야 할 지경이니, 전량 판매를 하면 그에게 남는 건 차 찌꺼기 몇 량뿐이다. 차밭을 하면서도 차를 마시지 못하는 불쌍한 농민의 삶이다.

其七   제7수

丁字床平一足雄,　丁자형 의자 다리 하나에 균형 잡고 앉았으니
踏雲穩坐似凌空.　구름 타고 편안히 앉아 허공을 가르는 듯하네.
商羊能舞晴天雨,　상양은 맑은 하늘에 비가 올 때쯤 춤추지만
底用勞勞百脚蟲.　바쁘기만 한 지네는 무슨 소용 있던가?

* 商羊(상양): 전설적인 새로서, 큰 비가 내리기 전 한쪽 다리를 굽혀
  춤을 춤.
* 百脚蟲(백각충): 지네

　차밭은 주로 산비탈에 있으며, 차나무 사이로 들어가 찻잎을 따기 때문에 T자형 의자가 적격이다. 그런데 의자에 다리가 하나라면 균형을 잡기가 매우 어렵다. 하지만 농부들은 거기에 앉아 능수능란하게 찻잎을 딴다. 그런 모습이 시인에게는 대단히 편안하고 아름답게 보였던 모양이다. 그래서 구름 타고 허공을 나는 신선들의 모습이라고 표현하였다. 또한 차밭에는 벌레들이 많다. 특히 그곳에는 지네가 많은데 아무 쓸모가 없다. 이 시는 차밭의 정경을 원경遠景과 근경近景 두 가지 측면에서 투사하였다.

其八　　　제8수

淸梵木魚漸放鬆,　불경 소리, 목탁 소리, 점점 느슨해지자
團團鋸齒綠陰濃　둥글고 톱니처럼 날카로운 찻잎은 진한 녹색이 된다.
揉香按翠三更后,　삼경이 지난 후에도 녹차 잎을 비비고 주무르니
剛打鳥啼半夜鐘　새가 우는 아침부터 방금 야밤의 종소리 울렸다.

|감상|

  중국에서는 차를 마시는 습관이 오랜 전통이며 생활화되어 있다. 특히 산사에서는 고즈넉한 분위기와 더불어 은은한 다향은 필수적이다. 그런데 당시 남악의 산사에서는 이보다 정도가 훨씬 심했던 모양이다. 아침부터 밤까지 불경 읽는 소리, 목탁 두드리는 소리 외에도 찻잎을 따고 제조하는 일로 부산하였다. 이 시는 찻잎을 따고 제조하는 일로 하루 종일 바쁜 남악 산사의 일상을 적었다.

其九   제9수

山下秧爭韭葉長,   산 아래 벼 모종이 부추 잎과 크기를 다투고
山中茶賽馬蘭香.   산속 찻잎이 꽃창포 향기와 우열을 겨루네.
逐隊上山收晚茗,   무리 지어 산에 올라와 늦봄의 찻잎을 따니
奈他布穀爲人忙.   어찌된 일인지 소쩍새도 사람들을 위해 바쁘게
                우네.

* **布穀**(포곡): 두견새, 소쩍새

    찻잎은 청명(양력 4월 5~6일)과 곡우(4월 20~21일)에 딴 것이 가장 상품이다. 그런데 입하(5월 5~6일)가 지나면 찻잎이 거칠어져 아무런 가치도 없게 된다. 그래서 입하가 다가올 즈음에 만춘차晩春茶를 따기 위해 사람들은 무리지어 산으로 올라가 일시 성황을 이룬다. 이런 분위기를 아는지 소쩍새도 쉴 새 없이 울어대니 차밭이 온통 시끌벅적하다. 입하를 알리는 제1, 2구는 시인의 농촌생활이 대단히 무르익었음을 알려 준다.

其十　　　제10수

沙彌新學唱皈依,　　사미승이 근래 불가를 배우는데
板眼初淸錯字稀.　　박자가 분명하고 틀리는 글자도 별로 없네.
貪聽姨姨釆茶曲,　　아낙들의 채다곡을 듣고자 하는 것은
家鷄有逐野鳧飛.　　집닭이 들녘 오리를 쫓아 날고자 함이네.

* 沙彌(사미): 십계十戒를 받고 구족계具足戒를 받기 위하여 수행하
  고 있는 어린 남자 승려
* 皈依(귀의): (불교) 귀의하다. 불교의 입교入敎 의식
* 板眼(판안): 박자. 소절 중에서 가장 강하게 소리 내는 것이 판板이
  고, 나머지는 안眼이다.
* 釆茶曲(채다곡): 찻잎을 딸 때 부르는 노래

　어린 사미승이 불교에 입문하면서 불가佛歌를 배우는데 박자도 맞고 가사도 정확하다. 하지만 시인은 그들이 찻잎을 딸 때 부르는 아낙네들의 노래를 좋아하여 따라 부르는 것을 보면서, 시인은 집닭이 야생오리를 따라 날려고 하는 느낌을 받았다. 이 시를 통해 당시 채다곡이 얼마나 우수하고 유행했는지 알 수 있다.

5장/
송별送別

送長沙陳太守　　　진태수를 장사로 보내다

(唐) 李白

其一　　　제1수

長沙陳太守,	장사로 떠나는 진태수는
逸氣凌靑松.	뛰어난 기개가 푸른 소나무를 능가하네.
英主賜五馬,	임금께서 태수직을 내렸으니
本是天池龍	본디 천지天池의 용이었네.
湘水回九曲,	상수의 아홉 구비 돌아들고
衡山望五峰.	형산의 다섯 봉우리 바라보네
榮君按節去,	영예로운 그대가 고삐 잡고 떠나니
不及遠相從	더 멀리 쫓지는 못하겠구려.

* 英主(영주): 당나라 현종玄宗
* 五馬(오마): 태수
* 按節(안절): 부절符節을 가지다.

|해설|

　말은 용에서 전해진 종자다. 이 말은 북주北周의 유신庾信이 쓴 <춘부春賦>의 '말은 본시 천지의 용에서 나온 종자이며, 복대는 형산의 옥으로 장식하였다(馬是天池之龍種, 帶乃荊山之玉梁).'라는 구절에서 나왔다. 태수는 매우 중요한 직책이며, 태수를 하사받은 그대 또한 대단히 뛰어난 인물임을 강조하기 위해 인용하였다.

　상수는 형산의 동쪽과 남쪽에 닿아 있고, 장사에서 이곳까지 아홉 구비가 펼쳐 있다고 하였고(≪수경주水經注≫), 형악에는 자개, 천주, 부용, 석름, 축융 등 다섯 봉우리가 있다고 하였다(≪통감지리통석 通鑑地理通釋≫).

|감상|

　이백은 진태수의 기개를 높이 평가하면서, 임금 또한 그에게 태수 직을 하사하였다는 사실을 내세워 본시 대단한 인물이었다는 점을 강조하고 있다. 하지만 그가 부임하는 곳은 천하 벽지인 강남의 장사인 터라, 그에 대한 격려가 반드시 필요하였던 듯하다. 그래서 천하 절경인 상수와 형산을 내세워 자연미를 마음껏 즐길 수 있는 곳이라는 위로의 말도 잊지 않았다. 마지막까지 그를 '영군榮君'이라 부르며 아쉬운 작별인사를 하면서 동병상련의 느낌을 떨칠 수 없었을 게다.

其二 　　 제2수

七郡長沙國,　　장사국 일곱 군은
南連湘水濱.　　남쪽으로 상수와 이어졌네.
定王垂舞袖,　　정왕이 소매를 드리우며 춤을 추니
地窄不迴身.　　땅이 좁아 빙글 돌지를 못하였네.
莫小二千石,　　이천 석 녹봉을 적다 여기지 마시게
當安遠俗人　　멀리 있는 백성까지 편케 할 수 있으니.
洞庭鄕路遠,　　동정호 고향 가는 길이 멀긴 하지만
遙羨錦衣春.　　금의환향하기만을 간절히 바랄 뿐.

　한나라 경제景帝가 지방의 왕들을 만나 잔치를 열었는데, 대부분의 왕들은 춤을 추며 인사를 하였으나 장사의 정왕定王인 유발劉發만은 소매를 떨어뜨린 채 인사를 올렸다. 이를 이상하게 여긴 경제는 그 연유를 묻자 "신이 살고 있는 곳은 땅이 좁아 몸을 돌릴 수가 없습니다."라고 답하였다. 이에 경제는 그를 측은히 여겨 무릉武陵, 영릉零陵, 계양桂陽 등의 땅을 주었다.

|감상|

　상수를 끼고 있는 장사는 강남에서도 벽지이며 땅도 대단히 좁았다. 이것을 설명하기 위하여 정왕의 고사를 인용했다. 부임하는 진태수는 이천 석의 녹봉을 적다 여기지 말라고 하였다. 다시 말해 장사의 태수직을 불만족스럽게 여기지 말라는 뜻이다. 선정을 베풀어 시골 구석에 거주하는 백성들까지도 편안하게 할 수 있다면, 동정호가 있는 고향으로 금의환향할 날이 반드시 있을 것이라는 이백의 격려와 희망의 메시지가 뚜렷하게 담겨 있다.

送女道士褚三淸遊南岳
남악으로 떠나는 여도사 저삼청을 보내다

(唐) 李白

吳江女道士,　　오강의 여도사는

頭戴蓮花巾.　　머리에 연화건을 썼네.

霓衣不濕雨,　　예상霓裳이 비에 젖지 않으니

特異陽臺雲.　　무산巫山의 신녀와는 전혀 다르네.

足下遠遊履,　　발에는 원유리를 신고

凌波生素塵.　　파도 위를 걸으면 하얀 먼지가 이네.

尋仙向南岳,　　선녀를 찾아 남악으로 향하니

應見魏夫人　　응당 위부인을 만날 수 있겠지.

* 蓮花巾(연화건): 도교에서 옥녀玉女들이 쓰는 두건
* 霓衣(예의): 예상(霓裳). '무지개 옷'이란 뜻으로 신선들이나 도사
  들이 입는 옷을 가리킨다.

초楚나라 송옥宋玉이 지은 ≪고당부高唐賦≫의 序에는 '양대陽臺'
와 관련하여 다음과 같은 고사가 있다. 옛날에 초나라 회왕懷王이 고
당高唐에 놀러 왔다 낮잠을 자는데, 한 부인이 나타나 자신은 무산의
신녀로 왕께서 고당으로 놀러왔다는 소식을 듣고 뵈러 왔다고 하며
동침하기를 원했다. 이에 왕은 그것을 허락하였다. 다음 날 그녀가 하
직 인사를 하며 자신은 무산의 양지인 높은 언덕 위 돌산에 산다고
하면서 아침이면 구름이 되었다가 저녁이면 비가 된다고 하였다. 이
후에 양대는 남녀가 만나 즐기는 장소로 통칭되었다. 따라서 '양대운'
은 바로 무산의 신녀를 가리킨다.

조식曹植이 지은 <낙신부洛神賦>를 보면 '멀리 유람 갈 때는 꽃
무늬가 있는 신발을 신고, 안개처럼 가벼운 명주옷을 입는다(踐遠遊
之文履, 曳霧綃之輕裾).'라는 구절이 등장하는데, '원유리遠遊履'는
'선녀들이 신는 신발'을 일컫는다. 또한 '파도 위를 가볍게 걷다 보면,
비단 양말에 먼지가 생긴다(陵波微步, 羅襪生塵).'라는 구절이 등장하
는데, 여기서 '먼지'란 '작은 물방울', 즉 '물안개'를 말한다.

> **tip** 위부인은 산동 임성任城 사람으로, 진나라 사도司徒인 극양劇陽
> 의 문강공文康公 위서魏舒의 딸로서 이름은 화존華存이고, 자는
> 현안賢安이다. 어려서부터 도가를 좋아하여 현진수선玄眞修善
> 의 도道에 빠져 신선이 되기를 원했다. 24세 되던 해 부모가 강
> 제로 유문劉文에게 시집보내어 자식을 둘 낳았다. 자식들이 모
> 두 입신양명한 후 83세 되던 해, 진나라 성제成帝 함화咸和 9년
> 태을원선太乙元仙이 표거飆車(신선세계의 산물로 바람 따라 움
> 직이는 수레)를 보내 그녀를 맞이하려 하자, 부인은 칼로 변신하

여 떠나 버렸다. 선계에 들어가 자허원군紫虛元君의 지위에 올랐으며 진사명남악부인眞司命南岳夫人이라는 직위를 받았다. 선공仙公(선인)에 해당하는 지위에 올라 천태대곽산동태중天台大霍山洞台中을 다스리며 훈령을 내리고 도를 받들었다. 그리고 신선이 되려고 하는 자들을 교육시켰다.(≪집선록集仙錄·남악위부인전南岳魏夫人傳≫)

|감상|

도교에 심취한 이백은 강소성 동남부에 위치한 오강의 여도사저삼청에게 무한한 관심을 보였다. 그리하여 남악으로 향하는 그녀를 위하여 이 시를 지었다. 머리에는 연화건을 쓰고, 몸에는 예상을 걸치고, 발에는 원유리를 신은 여도사의 모습은 방금이라도 위부인을 만나 신선이 될 듯한 분위기다. 그런데 그녀를 무산의 신녀와 비교하며 전혀 다르다고 한 것은 어떤 생각에서일까? 일단 무산의 신녀는 아침이면 구름이고 저녁이면 비가 되니 비에 젖지 않는 옷을 입은 그녀와는 근본적으로 다르다. 이것은 피상적인 얘기일 뿐 이백의 본심은 다른 데 있는 듯하다. 초나라 회왕의 꿈속에 나타나 잠시 동침하고 훌쩍 떠난 무산의 신녀와는 달리, 그녀는 여도사의 신분일 뿐 현재 인간이라는 존재이다. 그래서 위부인을 만나 신선이 될 것이라고 말은 하지만, 어디까지나 허황된 환상이라는 사실을 아는 이백이 그녀에 대한 연정을 품은 것은 아닌지 추측할 뿐이다.

與諸公送陳郞將歸衡陽
형양으로 돌아가는 진낭장을 함께 보내다

(唐) 李白

衡山蒼蒼入紫冥,　형산은 끝없이 하늘로 솟아

下看南極老人星.　아래로 남쪽 끝 노인성이 보이네.

回飇吹散五峰雪,　회오리바람 불어 다섯 봉우리 쌓인 눈 흩어지면

往往飛花落洞庭.　가끔은 눈꽃이 동정호로 날아가 떨어지네.

氣清岳秀有如此,　기운 맑고 봉우리 빼어남이 이와 같아

郞將一家拖金紫.　낭장郞將 일가가 고위직에 올랐도다.

門前食客亂浮雲,　문전 식객이 뜬 구름처럼 어지럽게 몰려오고

世人皆比孟嘗君.　세상 사람들은 모두 맹상군에 견주었다.

江上送行無白璧,　강가에서 배웅하매 파도조차 일지 않고

臨岐惆悵若爲分.　떠나려 하니 영영 헤어지 듯 슬프구나.

* 金紫(금자): 금인金印(황금빛 인장)과 자수紫綬(붉은 끈). 벼슬이 높
　은 사람이 차는 것

* 五峰(오봉): 남악에서 가장 유명한 다섯 봉우리. 축융봉, 천주봉,
　부용봉, 자개봉, 석름봉 등이다.

 노인성은 천랑성天狼星(시리우스) 다음으로 천체에서 두 번째 밝은 별이며, 옛사람들은 인간의 수명을 관장한다고 하여 '수성壽星'이라고 하며, 남쪽 끝에 있다고 하여 '남극노인南極老人'이라고도 부른다.

 맹상군은 전국시대 사공자四公子 중의 한 사람이다. 제나라 종실대신으로 부친 전영田嬰은 위왕威王의 막내아들로 일찍이 군대에서 요직을 차지하였고, 사촌 형인 선왕宣王 때는 재상을 지냈으며, 나중에 설薛(지금의 滕州시 동남쪽 橋張汪 일대) 지방에 봉해졌다. 전영이 죽자 전문田文이 봉토를 이어받았는데, 이 자가 바로 맹상군이다. 빈객을 광범위하게 두어 식객이 약 삼천 명이나 되었으며, 한 시기를 풍미하였던 인물이다.

|감상|

앞의 네 구는 경치를 묘사하였다. 남악은 하늘을 뚫을 만큼, 노인성이 아래로 보일 만큼 고준高峻하다. 이백의 사경寫景 특색을 그대로 드러낸 장엄한 묘사다. 남악의 봉우리에 쌓인 눈이 바람에 동정호까지 날아간다. 동정호는 남악에서 수백 키로 떨어진 곳이다. 이백의 과장과 상상력이 다시 발했다. 이러한 기운이 사람에게 전수되었다. 그리하여 등장한 사람이 진낭장이다. 그의 일가 중 많은 사람이 벼슬을 한 것은 남악의 기를 받아서이고, 그 또한 인격이 고매하고 인성이 선량하여 전국시대 맹상군처럼 식객이 문전성시를 이룬다고 하였다. 자연의 기가 인간에게 전수된 천인합일의 이치라고 볼 수 있다. 이렇게 찬양할 만큼 절친한 진낭장과 이별하매 파도조차 고요하니 슬픈 감정이 더욱 애간장을 태운다. 여기서 백벽白璧은 '하얀 구슬'이라는 의미로 '파도'를 비유한 것이라 보았다. 만약 원래 의미로 볼 경우에는 진낭장에게 줄 '선물'로 보는 것도 가능하다.

送王道士還京　　왕도사를 장안으로 보내다

(唐) 賈至

一片仙雲入帝鄕,　한 조각 선운이 경성에 드니
數聲秋鴈至衡陽.　몇 마디 가을 기러기 소리 형양에 이른다.
借問淸都舊花月,　맑은 도시의 옛 꽃과 달이 어떤지 묻지만
豈知遷客泣瀟湘.　방출된 나그네 소상에서 울 줄 어찌 알랴?

가지賈至(자즈, 772년졸): 당대 문학가이며, 자는 유린幼隣, 유기幼幾이며 낙양 사람이다. 천보天寶 초에 교서랑校書郞, 단보위單父尉 등의 직책을 맡았고, 독고급獨孤及 등과 교유하였다. 천보 말에는 중서사인中書舍人이 되었으며, 안사의 난이 일어났을 때 현종을 따라 사천으로 도주하였다. 건원乾元 원년(758) 봄에 여주자사汝州刺史가 되었으며 나중에 악주사마岳州司馬가 되어 이백과 만나 시로써 수창하였다. 대종代宗 보응寶應 원년(762)에 다시 중서사인이 되었고 산기상시散騎常侍를 끝으로 관직에서 물러났다.

|감상|

경성으로 돌아가는 왕도사를 환송하면서 자신도 돌아가고 싶은 바람이 있었다. 왕도사를 칭송하여 '선운'이라 하고, 그것이 경성으로 들어서면서 연결고리를 만들었다. 가을 기러기 소리를 들으며 경성에서 듣던 소리라 여기고, 거기서 들려오는 소리라 생각하였다. 맑은 도시는 시인이 현재 머무는 형양이요, 옛날의 꽃과 달은 바로 형양에서 머물던 시절의 아름다운 자연환경을 가리킨다. 그러나 자연환경만 물을 뿐 시인이 어떤 슬픔에 잠겨 있는지는 묻지 않으니 내심 절망감에 빠진다. 그런데 여기서 '천객'이라는 말은 자신에 대한 비칭卑稱이기도 하지만, 악주까지 내려온 시인으로서는 스스로 폄적된 사람이라고 여겼기 때문이다. 이런 맥락에서 본다면 형양에 악주자사로 와 있는 시인으로서는 마음이 슬플 수밖에 없고, 이런 마음은 또한 임금에 대한 간절한 그리움으로 나타날 수 있다. 그래서 왕도사를 통한 임금에 대한 그리움이 저변에 깔려 있다.

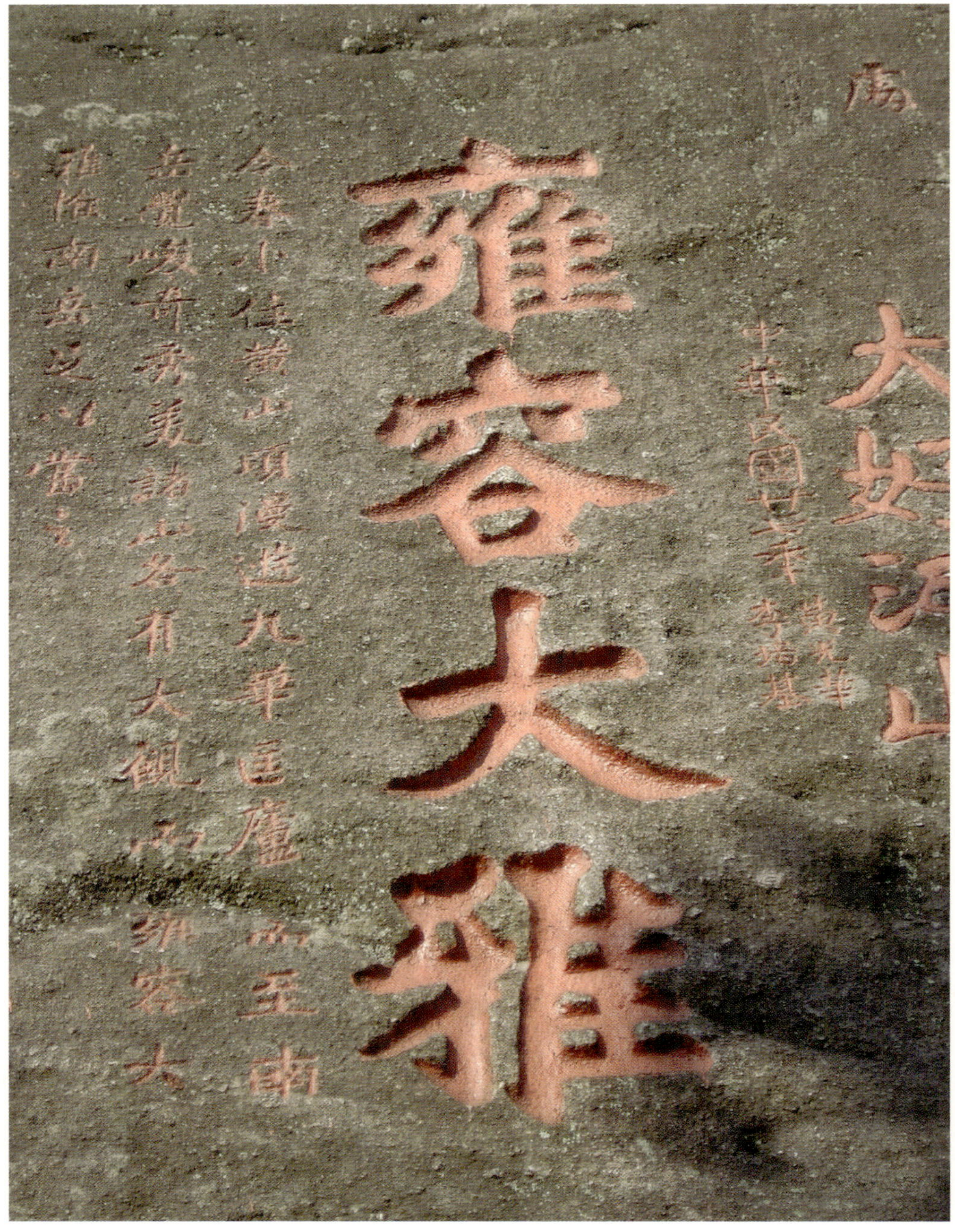
廬
雍容大雅
大女兒沅上
中華民國卌六年 黃光華 李橋基
今來小住黃山明漫遊九華匡廬而至南
右覺峻奇秀美諸山各有大觀而雍容大
雅恢而安之不當乎

衡陽與夢得分路贈別
형양에서 몽득과 헤어지며 주다

(唐) 柳宗元

十年憔悴到秦京,　　십 년 동안 고생하다 장안에 이르렀으나
誰料翻爲嶺外行.　　누가 영남행으로 뒤바뀔 줄 생각이나 했을까?
伏波故道風煙在,　　복파장군 지나던 길엔 먼지바람 여전하고
翁仲遺墟草樹平.　　옹중 석인이 있는 묘지에는 황량한 풀밭뿐.
直以慵疏招物議,　　다만 나태하고 성글어서 물의를 초래했으니
休將文字占時名.　　글로써 일시적 명성 얻을 생각 마시길.
今朝不用臨河別,　　오늘 강가 이별이 필요치 않는 것은
垂淚千行便濯纓.　　눈물이 하염없이 흘러 갓끈을 씻기 때문.

* 伏波(복파): 복파장군, 즉 마원馬援을 일컫는다. ‘고도故道’는 마원
　이 월남을 침공할 때 지나던 길이다.
* 翁仲(옹중): 진나라 때의 위인으로, 진시황은 금으로 그의 형상을
　주조하였다. 이후에 묘지나 길옆에 서 있는 석상 모두를 ‘옹중’이
　라 하였다.

유종원柳宗元(류종위안, 773~819): 자는 자후子厚이며, 당대 하동군河東郡(지금의 산서성 영제永濟) 사람이다. 그래서 '유하동柳河東'이라고도 부른다. 저명한 문학가이자 사상가이며 당송팔대가 중 한 사람이다. 작품으로는 <영주팔기永州八記> 등 육백여 편의 문장이 있는데, 후인들이 삼십 권으로 편집하여 ≪유하동집柳河東集≫을 만들었다. 유주자사柳州刺史를 끝으로 벼슬에서 물러났기 때문에 '유유주柳柳州'라고도 부른다. 한유와 더불어 고문운동을 이끌었으며, 시와 글 모두 뛰어나 당대 최고의 문필가로 손색이 없다.

|해설|

영정永貞 3년(805)에 왕숙문의 정치혁신 활동에 참가하여 실패한 후, 유종원은 소주사마로 갔다가 다시 영주사마로 폄적되었고, 유우석은 연주자사로 가다가 도중에 낭주사마로 폄적되었다. 10년 후 원화元和 10년(815) 1월에 부름을 받고 장안으로 돌아갔으나, 유우석은 <희증간화제군자戱贈看花諸君子>라는 시를 지었다가 권력층의 분노를 사서 다시 연주자사로, 유종원은 유주자사로 임명되었다. 두 사람은 장안을 떠나 임지로 가면서 형양에서 헤어졌는데, 이곳에서 유종원은 <형양에서 몽득과 헤어지며 주다衡陽與夢得分路贈別>를 지었고, 유우석은 <다시 연주자사를 제수 받아 형양에 이르러 유유주와 이별하며 수창하다再授連州至衡陽酬柳柳州贈別>를 지어 화답하였다.

 첫 두 구는 기사에 속하는 것으로, 자신에게 일어난 일을 서술하면
서 세상에 어이없는 일이 벌어졌다고 하며 허탈한 감정을 가감 없이
표현하였다.

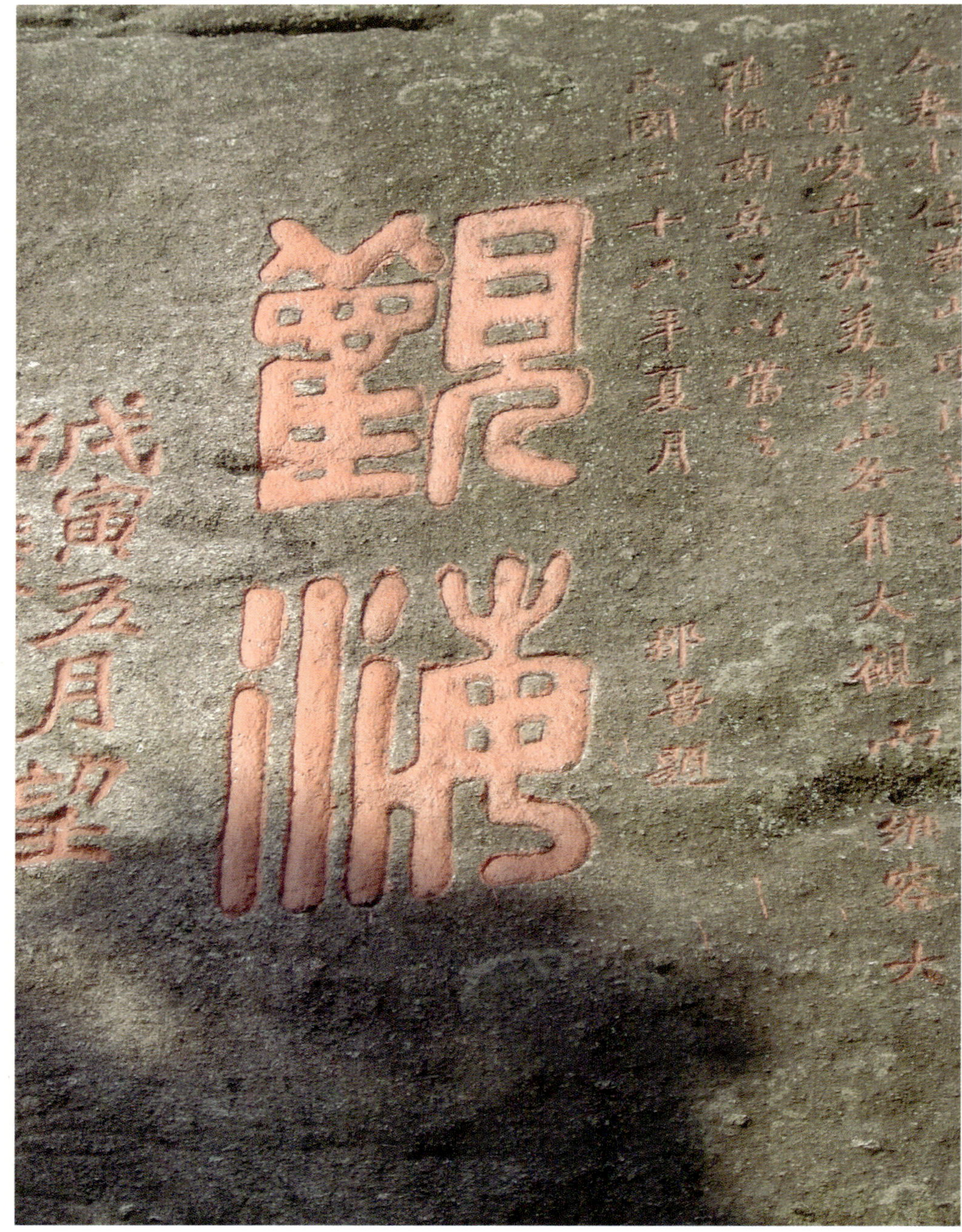
觀瀑

授連州至衡陽酬柳柳州贈別
연주자사로 임명받고 형양에 이르러 유유주자사와 이별하다

(唐) 劉禹錫

去國十年同赴召,	나라 떠난 지 십 년, 함께 명을 받아 가다가
湘江十里又分岐.	상강 십리 길에 이르러 또다시 이별이네.
重臨事異黃丞相,	두 번 다스리나 황승상과는 사정이 다르고
三黜名慚柳士師.	세 번 폄적되나 유하혜에게 이름만 부끄러울 뿐.
歸目幷隨回雁盡,	돌아가는 기러기 하염없이 두 눈 모아 바라보고
愁腸正遇斷猿時.	슬픈 소리 내는 원숭이 때때로 애간장 태우네.
桂江東過連山下,	계강 동쪽의 연산 아래를 지나가다가
相望長吟有所思.	서로 바라보며 길게 <유소사>를 노래하네.

* 授連州(수연주): 유우석이 연주로 좌천되어 가는 것을 일컫는 말
* 黃丞相(황승상): 황패黃霸. 서한시기 유명한 대신大臣
* 士師(사사): 옥관獄官 즉, 오늘날의 교도관. 유사사柳士師는 즉, 춘
  추시대의 유하혜柳下惠
* 有所思(유소사): 악부시 제목

　시인은 연주사마로 임명을 받아 가다가 도중에 낭주사마로 폄적되었다. 10년간 낭주에 머물다 마침내 장안으로부터 부름을 받아 희망을 품고 갔으나, 다시 연주자사로 폄적되는 시련을 겪는다. 이에 유종원과 함께 다시 임지로 가다 형양에서 이별하며 두 사람은 시로 창화하였다. 그리고 다시 전고를 운용하여 자신의 처지를 미묘하게 담았는데, '중림重臨'이라고 한 것은 시인이 연주자사로 두 번 임명되었다는 것이고, 이에 영천潁川태수로 두 번 부임한 적이 있는 서한의 승상인 황패를 끌어들여 자신에 견주었다. 결과적으로 황패가 이름을 천하에 떨친 반면, 자신은 불충의 죄를 지어 아무런 희망 없이 임지로 가고 있다는 사실을 '사이事異'라는 두 글자로 표현하였다. 또한 '직도사인直道事人(정직하게 사심 없이 사람을 다루다)'으로 인하여 사사士師(법을 집행하는 관리)에서 세 번이나 축출된 바 있는 춘추시대의 유하혜柳下惠를 끌어들여 똑같은 경우를 당한 유종원에 견주었고, 자신이나 유종원도 그와 견주는 것에 대해 송구스럽다는 의미에서 '명참名慚'이라는 두 글자로 표현하였다. 모두 겸손한 태도에서 나왔다고 볼 수 있다. 그러다가 필봉을 눈앞에 펼쳐지는 광경으로 옮겨 가는데, 먼저 하늘을 나는 기러기에 두 눈을 집중하고 옆에서 들리는 원숭이 소리에 귀를 기울였다. 기러기는 북쪽으로 돌아가는 기러기며, 원숭이도 때때로 애간장을 태우는 소리를 내는 원숭이다. 사물에 자신의 감정을 실은 결과다. 강남으로 폄적된 많은 시인들은 봄이면 북으로 돌아가는 기러기에 고향에 대한 그리움을 담았고, 강남의 애절한 원숭이 소리에 자신의 슬픈 처지를 실었다. 마지막 구에 등장하

는 '계강'은 '이강漓江'이다. 유종원은 상강을 거슬러 올라오다 다시
계강으로 내려가며 목적지인 유주柳州로 가며, 유우석은 연산, 즉 광
동성의 연주連州로 간다. 그런데 계강과 연산은 결코 가까이 있거나
유종원이 가는 길목에 있지 않다. 따라서 계강의 동쪽에 있는 연산을
지나간다는 것은 사실과 맞지 않다. 그런데 이렇게 표현한 이유는 무
엇일까? 현재 두 사람은 함께 산수를 바라보며 앞으로 있을 이별에
대한 아쉬움과 슬픔이 극에 달했다. 그리하여 비록 몸은 떨어져 있더
라도 유소사를 함께 부를 수 있으면 좋겠다는 바람에서 나온 것이라
볼 수 있다.

送僧遊衡岳　　형악으로 놀러 가는 스님을 보내다

(唐) 賈島

心知衡岳路,	형악 가는 길 알고 있으니
不怕去人稀.	가는 사람 드물어도 두렵지 않네.
船裏猶鳴磬,	배 안에서는 경쇠 소리 여전하고
溪頭自曝衣.	개울가에서는 각자 옷을 말리네.
有家從小別,	집이 있지만 어릴 때 떠났고
無寺不言歸.	절 없으면 돌아갈 곳 없다 하네.
料得逢寒住,	추위 만나 머물 거라 여기니
當禪雪滿扉.	눈 가득한 절 안에서 참선하리라.

가도賈島(자다오, 779~843): 당대 시인으로 자는 낭선浪仙, 범양范陽(지금의 북경 부근) 사람이다. 일찍이 출가하여 승려가 되었고, 법호는 무본無本이다. 원화元和 5년(810) 겨울에 장안으로 와 장적張籍과 만났고, 다음 해 봄에 낙양으로 가 한유를 만나 시로써 높은 평가를 받았다. 한유의 권유로 환속한 후에는 진사에 급제하였고, 문종 때에는 비방을 받아 장강주부長江主簿로 폄적되었다. 개성開成 5년(840)에는 보주사창참군普州司倉參軍으로 전출되었고, 무종 회창會昌 3년(843)에 보주에서 죽었다. 평생 어렵게 살아 맹교와 더불어 '교한도수郊寒島瘦(맹교는 가난하고 가도는 말랐다)'라는 말을 들었다.

|감상|

형산으로 가는 길이 워낙 위험하여 승려를 보내면서도 내심 걱정이 많았다. 하지만 산길을 익히 아는 승려들이라 금방 기우라 여겼다. 상강을 따라 올라가는 배 안에서는 스님들이 두드리는 경쇠 소리가 여전하고, 정박할 땐 어김없이 승복을 빠는 사찰에서의 일상사가 중도에도 계속되리라 생각하였다. 스님이 머물 수 있는 곳은 오직 사찰뿐으로, 형산에 도착할 즈음이면 추위 만나 그곳에 머물며 참선하리라 예상하였다. 시인은 반속반승半俗半僧(반은 속인, 반은 승려)으로 평생을 보냈다. 하지만 불심은 언제나 그와 같이하였다. 승려들을 보내며 적은 시이지만, 시인 자신의 마음도 이미 그들과 함께 떠났다.

6장/
기타

巖下贊　　바위 아래서의 송찬

(劉宋) 謝靈運

衡山采茶人,　　형산에서 찻잎 따는 사람이

路迷糧亦絶　　길 잃고 양식마저 떨어졌다.

過息岩下坐,　　지나가다 바위 아래 앉아 쉬는데

正見相對說　　서로 기뻐하는 모습이 바로 눈에 들어온다

一老四五少,　　한 늙은이와 네댓 명의 어린이가

仙隱不可別.　　선인인지 은사인지 구별키 어렵지만,

其書非世敎,　　그 글이 정통 예교가 아니니

其人必賢哲.　　그 사람은 필히 지혜로운 사람이리라

* 采茶人(채다인): 찻잎 따는 사람. 여기선 동진 시대 상동湘東 사람
  요조姚祖를 가리킨다.
* 說(열): '悅'의 의미로 쓰였다.

사령운謝靈運(셰링윈, 385~433): 절강 회계會稽(지금의 소흥紹興) 사람이다. 동진 때의 명장인 사현謝玄의 손자다. 어릴 때의 이름은 '객客'이다. 또한 강락공康樂公을 세습받아 '사강공' 혹은 '사강락'이라 불렀다. 산수시의 창시자이며, 그가 활동한 시기는 남조 송나라 때였다.

| 해설 |

석암선동錫岩仙洞은 남악 72봉 중 하나인 봉황봉鳳凰峰 근처에 위치한다. 《호남성통지湖南省通志》에 의하면, 진나라 때는 '식암息岩'이라 하였고, 당나라에 와서 '선동仙洞'이란 명칭을 부여받았으며, 명나라 때는 '식息'을 '석錫'으로 고쳐 오늘날 '석암선동'이라 불리게 되었다고 한다. 이곳은 면적이 약 100만㎡나 되며 70여 개의 크고 작은 동청洞廳이 존재한다. 그런데 이곳 동굴 벽 약 60여 곳에는 역대 문인들이 제영한 시문이 새겨져 있는데, 이 중에서 가장 유명한 작품이 사령운의 <암하찬>이다. 자연경관과 인문경관이 어우러진 대표적 선동이다.

《이원異苑》은 위의 시와 관련하여 다음과 같은 고사를 수록하고 있다. 진나라 태원 말 상동의 요조가 군리로 있을 때 형산을 지나다, 바위 아래에서 나이 어린 자가 어울려 붓을 잡고 글을 짓고 있는 모습을 보았다. 그는 길 떠난 자가 쉬는 것이라 여기고 길을 돌아서 그곳으로 다가가는데 백 보 남짓 채 안 되어서, 소년들이 더불어 훌쩍 날아가 버렸다. 그들이 앉아 있던 곳에는 종이 한 장이 남아 있었는데, 앞 몇 구는 옛글자였으나 그 뒤로는 모두 새 발자국이었다(晋太元

末, 湘東姚祖爲郡吏, 經衡山, 望岩下有數年少幷執筆作書. 祖謂是行侶
休息. 乃枉道過之. 未至百許步, 少年相與翻然飛颺, 遺一紙書在坐處,
前數句古時字, 自后皆鳥迹).

> **tip** ≪이원(異苑)≫은 남조 송나라 유경숙劉敬叔이 지은 지괴志怪소
> 설집이다.

|감상|

이 시는 요조의 고사를 통해 형산의 신비로움을 밝힌 작품이다. 사
령운은 형산에 놀러 와 식암息岩에 들렀다가, 이곳을 기념하기 위해
요조의 고사를 이용해 제영題詠한 것이다. 고사에는 소년만 등장하나
이 시에는 노인까지 등장한 것은, 다음 시구에 '선仙(신선)'만이 아니
라 '仙隱선운(신선과 은사)'이 동시에 등장하기 위해서이다. 즉 형산
은 신선과 은사가 모두 존재하는 깊고 신비로운 산이라는 것이다. 그
리고 그들이 남기고 간 글의 내용이 인간세계의 정통적인 예교나 사
상을 담고 있는 것이 아니기 때문에, 또 다른 세계의 현명하고 지혜
로운 성현이라고 단정 지음으로써 형산이 별천지라는 뉘앙스를 강하
게 풍기고 있다.

歸雁　　돌아가는 기러기

(唐) 杜甫

其一　　　제1수

萬里衡陽雁,	만 리 밖 형양의 기러기는
今年又北歸.	올해 다시 북으로 돌아가네.
雙雙瞻客上,	쌍쌍이 나그네를 굽어보며
一一背人飛.	하나씩 등 뒤로 날아가네.
雲裏相呼疾,	구름 속에서 질주하며 소리 지르다가
沙邊自宿稀.	모래 가에서 드물게 머물기도 하네.
繫書無浪語,	묶어 보낸 편지 헛된 말 없으니
愁寂故山薇.	고향 장미는 외롭고 쓸쓸하리라.

* 繫書(계서): 기러기 다리에 편지를 묶다.

두보의 '귀안歸雁'시는 모두 3편이다. 맨 먼저 나온 작품은 광덕廣德 2년(764) 늦은 봄에 성도成都의 완화초당에서 지은 것으로, 안사의 난을 맞아 고향으로 돌아가지 못하는 슬픔을 기러기와 비교하여 표현하였다. 아래 시가 바로 그 시이다.

歸雁　　돌아가는 기러기

春來萬里客,　봄은 왔건만 만 리 밖 나그네는
亂定幾年歸.　언제쯤 난리가 평정되어 돌아갈까?
腸斷江城雁,　애간장 타건만 성도의 기러기는
高高向北飛.　북쪽으로 높이높이 날아가는구나.

그리고 또 다른 한 작품은 다음과 같다.

歸雁　　돌아가는 기러기

聞道今春雁,　듣자하니 기러기는 올봄에도
南歸自廣州.　남쪽 광주에서 돌아왔다네.
見花辭漲海,　꽃을 보면 남해와 이별하고
避雪到羅浮.　눈발을 피해 나부로 돌아가지.
是物關兵氣,　이 새도 전쟁 속에 갇혔으니
何時免客愁.　언제 나그네 시름 면할까?
年年霜露隔,　해마다 추위에서 벗어나고자
不過五湖秋.　다섯 호수 지나면 가을 기운 가신다네.

앞의 시는 고향으로 돌아가는 기러기를 부러워한 반면, 뒤의 시는 추위를 피해 북방과 남방을 오르내리다 전쟁터에 머물게 된 기러기를 보며 동일한 처지에 놓인 자신을 생각하였다. 그러나 기러기가 남방을 날아갈 때 다섯 개의 호수만 지나면 추위가 가신다는 사실을 상기하며 스스로 위안을 삼았다. 따라서 이 시는 장안이 있는 섬서성 일대에서 전쟁을 목격하며 지은 것이라 볼 수 있다.

|감상|

이 시는 대력 5년(770), 즉 두보가 일생을 마감한 그해 봄 담주潭州(지금의 장사)에서 지은 것이다. 해설에서 예로 든 첫 번째 시와 비교하면, 성도보다 훨씬 멀고 더욱 늙은 나이였다. 그래서 단순히 자유자재로 남북을 오르내리는 기러기에 대한 부러움에 그치지 않고 편지와 고향의 사물을 통해 고향에 대한 간절함을 배가하였다.

其二   제2수

欲雪違胡地,   눈이 내리려 하면 오랑캐 땅을 떠나고
先花別楚雲.   꽃보다 먼저 초나라 구름과 작별하네.
卻過清渭影,   맑은 위수의 그림자 위를 막 지나고
高起洞庭群.   동정호의 무리들과 높이 날아오르네.
塞北春陰暮,   요새의 북쪽이 봄날 흐린 저녁이면
江南日色曛.   장강의 남쪽은 햇빛 찬란한 석양이라네.
傷弓流落羽,   화살 맞아 날개 잃고 땅에 떨어진 새는
行斷不堪聞.   갈 길 끊기니 듣는 것조차 견디지 못하네.

| 감상 |

　앞의 세 연聯은 기러기의 출발 시점(욕설欲雪과 선화先花)과 머무는 장소(호胡와 초楚, 위수渭水와 동정호洞庭湖, 새북塞北과 강남), 그리고 기후가 완전히 다를 정도(음陰과 훈曛의 거리 등을 내세워 북방과 남방을 대비시켰다. 시인은 자신을 화살 맞아 날개 잃고 땅에 떨어진 기러기에 비유하여 고향 소식을 듣는 것조차 견디지 못하는 상태에 이르렀다고 고백하였다. 노년에 접어든 시인의 체념을 잘 드러낸 것이라 할 수 있다. 제1수가 고향에 대한 그리움이라면, 제2수는 귀향에 대한 체념이다.

朱鳳行　　붉은 봉황의 노래

(唐) 杜甫

君不見?	그대는 보지 못했는가?
瀟湘之山衡山高,	소상의 산인 형산이 매우 높은 것을.
山巓朱鳳聲嗷嗷.	산꼭대기 붉은 봉황이 우우 하며 소리 지른다.
側身長顧求其曹,	몸 기울여 오랫동안 돌아보며 무리를 찾건만
翅垂口噤心甚勞.	날개 드리우나 입은 닫히고 마음만 힘쓸 뿐.
下愍百鳥在羅網,	아래로 그물 안 수많은 새들 불쌍히 여기니
黃雀最小猶難逃.	가장 작은 황작조차도 빠져나가기 어려운 듯.
願分竹實及螻蟻,	원컨대 대나무 열매 나누어 땅강아지와 개미 에게 준다면
盡使鴟梟相怒號.	솔개와 올빼미는 온 힘으로 큰 소리 질러대겠지.

　유정劉楨은 '참새 무리와 어울리는 게 부끄러워서지(羞與黃雀群).'(<登南岳>)라 하여 황작과 어울리는 것을 부끄럽게 여겼다. 하지만 두보는 남악의 주봉朱鳳을 자신에 비유하면서, 그물에 걸린 황작, 즉 위기에 처한 백성을 불쌍히 여기고 동정하였다. 이것은 시대 배경과 밀접한 관계가 있다. 유정이 처한 시대는 동한으로 현학과 신선사상이 세상을 지배했지만, 두보가 처한 시대는 안사의 난이 일어나 백성이 도탄에 빠지고 사회가 극심한 혼란에 휩싸여 있을 때이다. 시대 배경이 시인에게 얼마나 많은 영향을 미치는가를 보여 주는 좋은 예라고 할 수 있다. '누의螻蟻'와 '치효鴟梟'는 약자와 강자의 비유이다. 애국애민의 사상이 극대화된 작품이다.

祝融峯
峻極于天
寅賓出日
聖帝殿

懷南岳隱士　　남악의 은사를 생각하다

(唐) 孟郊

其一　　제1수

見說祝融峰,	축융봉에 대해 듣자 하니
擎天勢似騰.	하늘을 떠받들 듯 등등한 기세라네.
藏千尋布水,	천 길 폭포 안에 숨었다가
出十六高僧.	열여섯 고승이 나왔도다.
古路無人迹,	옛길에는 인적 끊겼지만
新霞吐石棱.	바위 모퉁이에서는 새롭게 구름을 토해 낸다.
終居將爾叟,	끝까지 그 늙은이 따르면서
一一共余登.	일일이 나도 함께 오르리라.

맹교孟郊(멍자오 751~814): 자는 동야東野이고 호주湖州 무강武康 사람이다. 진사 출신이며 율양위溧陽尉, 협율랑協律郎 등을 지냈다. 그는 일생 동안 빈궁하여 세상을 불평하는 시를 썼고, 특히 '수瘦'자 와 '경硬'자를 애용하였다. ≪맹동야집孟東野集≫이 전한다.

|해설|

맹교는 일생 동안 가난하게 살면서 은사를 동경하였다. 그리하여 <은사>라는 시를 써 그들의 생활상과 가치관 그리고 사상적 특징을 담았다. 남악 역시 예전부터 기인, 고승, 은사 등이 많았다(≪南嶽總勝集≫). 그리하여 남악의 은사를 그리워하며 이 시를 지었다.

'십육고승十六高僧'은 다른 말로 '아라한阿羅漢'이라고 부른다. '아라한'이란 범어梵語를 음역한 것으로 득도자나 성인을 가리키는 말이다. 소승불교에서는 수행의 공으로 깨달음을 얻는 최고의 지위를 말한다.

|감상|

축융봉을 묘사하는 것으로 앞에 나온 시구 가운데 한유의 '축융봉 만 길이 땅에서 솟아나, 엷은 구름 속에서 보일 듯 말 듯(祝融萬丈拔地起, 欲見不見輕煙裏).'(<遊祝融峰>)을 들 수 있다. 한유는 남악에 올라 축융봉을 확인한 후에 묘사한 반면, 맹교는 남들이 하는 얘기를 들은 것처럼 축융봉을 서술하였다. 그래서 표현이 구체적이지 못하고 과장이 심하다. 일종의 타인의 입을 빌어 자신의 느낌을 표현한 방식이다.

　남악에서 예전부터 많은 고승이 나왔다. 여기서 '십육고승'은 고승이기도 하지만 은사이다. 그들이 거닐던 옛길은 사라졌지만 언제나 바위틈에서는 구름이 모락모락 피어오른다. 은사들이 살던 산속 깊은 곳은 지금도 몽환적인 분위기를 자아낸다. 빈곤으로부터 탈피하고자 하는 시인의 욕망은 이처럼 늘 은사에 대한 동경심으로 나타났다.

其二　　　제2수

千峰映碧湘,　　수많은 봉우리 푸른 상강에 비치고
眞叟此中藏.　　득도한 늙은이 이 가운데 숨어 있네.
飯不煮石吃,　　밥으로 흰 돌 익혀 먹진 않지만
眉應似髮長.　　눈썹은 응당 머리카락처럼 길다네.
風椏支酒甕,　　마른 나무말뚝으로 술독을 받쳐 놓고
鶴蝨落琴床.　　학슬이 거문고 받침대에 떨어지네.
强效忘機者,　　열심히 세상사 잊은 자 본받으려 하니
斯人尙未忘.　　그 사람 더욱더 잊지 못하네.

* 眞叟(진수): 도가에서 수진득도修眞得道한 노인을 가리킨다.
* 煮石(자석): '煮白石'과 통한다. 신선과 방사들이 백석을 삶아 양식
　으로 하였다. 나중에는 도가에서는 일종의 고전적 수련 행위로 간
　주하였다.
* 鶴蝨(학슬): 천명정天名精(담배풀 혹은 여우오줌풀)의 열매. 벌레를
　죽이고 독을 제하므로 각종 기생충 특히 회충약으로 많이 쓰인다.

　시인은 늘 은사를 그리워하였다. 상강에 비치는 수많은 산봉우리 속에 그들이 있을 거라고 생각하였다. 여기서 '진수眞叟'란 은사를 가리킨다. 익힌 돌을 먹지 않는다고 한 것은 신선이나 방사와 구별하기 위해서이다. 그들은 머리를 자르지 않고 자연 속에서 술과 거문고를 즐기며 속세와 단절된 채 살아간다. 짧지만 그들의 일상생활을 담았다. 나무말뚝이나 학슬은 자연과의 동화를 알리기 위해 의도적으로 등장시켰다. 이 정도로 표출하는 것이 모자란다고 여겼는지, 결국은 마지막 두 구에 자신의 생각을 그대로 쏟아 내었다. 숨어 사는 사람을 그리워하는 것과 그의 마음을 숨기는 것은 별개지만, 1, 2수 모두 은사에 대한 앙모가 지나치게 노골적으로 표출된 것은 아쉬움을 남긴다.

晩霞　　저녁놀

(宋) 朱熹

日落西南第幾峰,	해가 서남쪽 봉우리 사이로 지니
斷霞千里抹殘紅	천 리 구름 조각 불그스레 물들었다.
上方杰閣憑欄處,	위쪽 높은 누각 난간에 기대어 바라보니
欲盡餘暉怯晚風.	석양빛 다하려고 하여 저녁 바람 두렵구나.

이 시는 일종의 사경시寫景詩이다. 앞 두 구는 해 질 녘 저녁놀을 그렸고, 뒤 두 구는 유경생정由景生情, 즉 지려고 하는 석양빛이 저녁 바람에 완전히 사라질까 아쉬워하는 감정을 표현하였다. 그런데 이 시가 비유와 상징으로 이루어졌다고 보는 견해도 있다. '일락日落'은 남송의 몰락을, '단하斷霞'는 함락된 중원中原을, '만풍晩風'은 조정의 나쁜 세력을 비유한 것으로 본다. 주희의 <무이도가武夷棹歌>가 지니는 상징의 의미를 여기에도 적용한 것이다.

和元晦晚霞　　원회의 〈晚霞〉에 창화하다

(宋) 張栻

早來雪意遮空碧,	아침에 눈 내릴 듯 푸른 하늘 가렸는데
晚喜晴霞散綺紅.	저녁에 환희의 맑은 노을 붉은 광채 발산하네
便可懸知明旦事,	내일 아침 일 미리 알 수 있으니
一輪明月快哉風.	휘영청 밝은 달에 상쾌하다. 바람이여!

이 시의 최고 경물은 저녁노을이다. 저녁노을이 나오기 위해 아침의 기후가 등장하였고, 나온 후에는 야밤의 밝은 달과 바람이 등장하였다. 그리고 맑고 찬란한 붉은 저녁노을을 통해 내일의 일을 미리 예견할 수 있다 하였으니, 과연 내일의 일이란 무엇일까? 전후 시구로 보아 기상과 관련이 있는 것으로 보이는데, 해돋이를 구경할 만한 맑은 날씨가 아닐까 싶다. 하지만 시인은 이미 제1, 2구에서 아침저녁으로 바뀌는 변화무쌍한 산중의 기후를 언급하지 않았는가? 시인의 바람이 표출된 것이라 여겨진다.

晩霞　　　　저녁놀

(宋) 林用中

晩霞掩映祝融峰,　　저녁노을이 축융봉에 가려져
衡岳高低爛熳紅　　형악 전체가 붉게 빛나네.
願學陵陽修煉術,　　원컨대 능양자명에게 수련법 배워
朝餐一片趁天風.　　아침이면 바람 타고 한 조각 구름 먹으리.

* 陵陽(능양): 고대 선인인 능양자명陵陽子明, 혹은 그가 신선이 된
　 장소인 능양산(안휘성 석대石臺현 북쪽). 여기서는 전자를 택했다.

| 해설 |

　능양자명은 질향鉒鄕 사람으로 낚시를 대단히 좋아하였다. 하루는 선계旋溪에서 백룡을 낚았는데 너무 놀라 낚싯바늘을 빼고 절을 하고는 풀어 주었다. 나중에 하얀 고기를 낚아 배를 가르니 편지가 있었는데 복식하는 방법이 적혀 있었다. 그리하여 황산으로 가 오석지五石脂를 캐고 끓는 물에 달여서 복용하였다. 삼 년 후에 백룡이 와서 그를 데리고 능양산으로 갔다. 백여 년이 지난 후 능양산의 정상이 땅으로부터 약 천여 길이 되자, 자명은 산 아래 사람들에게 크게 소리쳐 산 중턱까지 올라오게 한 후 "계중溪中의 자안子安이 와서 내 어구가 아직도 있느냐?라고 물었다."고 하였다. 이십여 년 후에 자안이 죽자 사람들은 석산 아래에 묻어 주었다. 그러자 황학 한 마리가 와서 무덤 주위의 나무에 서식하더니 "자안" 하며 이름을 불렀다.

| 감상 |

　이 시는 저녁노을을 통해 신선세계에까지 이르렀다. 저녁노을에 붉게 물든 산은 가히 환상적이다. 시인은 문득 붉은 산에 뛰어들고 싶었다. 거기는 인간세상이 아닌 신선세계로, 신선이 아니면 들어갈 수 없다고 생각하였다. 그래서 능양자명을 찾았다. 그는 원래 낚시를 하다 백룡을 낚아 결국에는 선인이 될 수 있었다. 시인은 이러한 믿음으로 신선세계를 추구하였다. 조찬으로 구름 조각을 먹고 감로를 마시며 불로장생을 하는 신선이 바로 그가 염원한 동경의 대상이었다.

鄴侯故居　　업현후의 옛집

(淸) 袁枚

枕罷君王膝已凉,	임금님께 사직한 뒤 거처할 집 없어
衡門暫築小茅堂.	은거지에 잠시 작은 초가집 지었네.
調停骨肉同田叔,	친인척 잘 다루어 전숙처럼 되고자 했고
假托神仙學子房.	신선에 의거하려 장량을 배우고자 하였네.
一品衣披紫微令,	제일 품 되어 중서령 복장 걸쳤지만
半生心在白雲鄕.	반평생 마음은 흰 구름 떠다니는 시골이었네.
渾疑蔓草荒煙處,	덩굴풀이 안개 가득한 곳 덮으리라 여겼지만
尚揷牙籤十萬行.	오히려 책과 그림으로 십만 줄을 채웠네.

* 田叔(전숙): 전국시대 조나라 사람, 매사 준엄하고 청렴결백하였음.
* 子房(자방): 장량張良. 형가荊軻와 더불어 대표적인 반진反秦 자객.
　아름다운 여인의 모습을 지녔음.
* 紫微令(자미령): 당대 중서령中書令의 별칭

원매袁枚(위안메이, 1716~1797): 청대 시인이자 산문가이다. 자는 자재子才, 호는 간재簡齋이며, 만년에는 스스로 창산거사倉山居士, 수원隨園주인, 수원노인이라 불렀다. 전당錢塘(지금의 항주) 사람이다. 건륭 4년(1739)에 진사에 급제하여 율수溧水, 강녕江寧 등에서 지현知縣을 지냈다. 40세에 정계에서 은퇴하여 강녕(지금의 남경)의 소창산 아래에 수원을 짓고 거기서 생활하였다. 제자들이 매우 많았다. 조익趙翼, 장사전蔣士銓과 더불어 '건륭삼대가'란 칭호를 듣는다.

|해설|

업후鄴侯는 이밀李泌(722~789)을 가리킨다. 자가 장원長源이며, 당나라 재상으로 조군趙郡 중산中山(지금의 하북성 정현定縣 일대) 사람이다. 선조는 이필李弼이며, 부친은 오방현령吳房縣令을 지낸 이승휴李承休이다. 여남汝南 주씨周氏를 처로 삼았다. 장서로는 이만여 권이 있었고, 후손들에게 절대 책을 팔지 말 것을 주문하였다. 어릴 때 장안에 살면서 일곱 살 때 글을 지어 장구령張九齡으로부터 특별한 관심을 받았다. 현종, 숙종, 대종, 덕종 등 네 명의 임금을 보필하면서, 현종 때는 영양潁陽에서, 숙종 때는 형산에서 은거하였고, 대종 때는 항주자사로 폄적되어 화를 면하였으며, 마지막 덕종 때에는 산기상시散騎常侍, 중서랑평장사中書郞平章事를 거치며 업현후鄴縣侯에 봉해졌다. 그래서 당시사람들은 그를 '업후'라 불렀다. 문집 20권이 전한다.

업후서원鄴侯書院은 형산의 연하봉 아래에 있다. 반산정半山亭에서 위로 약 1km 정도 되는 곳에, 이밀을 기념하기 위하여 지은 건물이다. 이밀은 숙종 지덕至德 2년(757)에 형산에 은거하여 10년 후 장안으로 돌아갔다. 그가 은거하던 곳의 이름이 원래 '단거실端居室'이었으며, 복엄사福嚴寺 뒤 '극고민極高敏'이라는 석각 아래에 위치하고 있었다. 명대 들어 순안어사順按御史 이천린李天麟은 업후가 살던 곳에 명도산방明道山房을 지었고, 청나라 강희 32년(1698)에 복엄사를 확장하면서 명도산방이 사라졌다. 광서光緒 18년(1892)에 형산의 지현인 이종련李宗蓮이 연하봉 아래 평지에다 업후서원을 중건하였다.

|감상|

시인이 형산을 방문했을 당시에는 업후의 옛 집터만이 존재했다. 40세에 정계에서 은퇴하여 강녕에 수원隨園을 지어 생활하던 시인은 업후의 옛 집터를 보자 그에 대한 존경심이 발동하였다. 시인은 24세에 진사에 급제하여 16년간 관직생활을 하였지만, 36세에 형산으로 내려와 10년간 은거생활을 한 후 다시 관직으로 복귀한 업후가 부럽기도 하였다. 한편으론 농촌에서의 은일생활이 업후가 반평생 품은 염원이라 하며, 시인 자신의 은거생활을 자족하기도 하였다. 마지막 연에는 장서가로서 유명한 업후의 공적도 빠트리지 않고 서술하였다.

南岳方廣道中寄內
남악 방광사를 가는 도중에 아내에게 부치다

(民國) 朱自清

勒住群峰一徑分,　수많은 봉우리 사이로 길 하나가 나 있는데

乍行幽谷忽赶雲.　잠시 깊은 골짝을 지나가다 홀연 구름을 쫓는다오

剛腸也學靑峰樣,　강직한 기질이 푸른 봉우리를 닮도록 배워야 하나

百折千回却憶君.　수없이 꺾고 돌다 보니 오히려 그대가 그리울 뿐이오

주자청朱自淸(주쯔칭, 1898~1948): 원래 이름은 자화自華이며 호는 추실秋實이다. 나중에 개명하여 자청自淸이라 하였고, 자는 패현佩弦이다. 원적은 절강 소흥이며, 강소 동해에서 태어났다. 저명한 산문가이며 시인과 학자로도 유명하다.

|감상|

시인은 청말에 태어나 중화민국의 건국과 세계열강들의 중국 침탈을 목격하였으며, 국민당과 공산당 간의 치열한 내전을 경험하다 죽었다. 온화한 인격의 소유자로서 시대에 적응하지 못했고 시류를 극복하지 못했다. 그리하여 이런 시가 탄생하였는데, 앞의 두 구는 형산의 유심幽深함과 신비감을 묘사하였으며, 뒤의 두 구는 불굴의 정신으로 시대를 극복해야 한다는 사명감보다는 사랑하는 부인에 대한 그리움이 더 앞선다는 내용을 담고 있다.

심우영

성균관대학교 중어중문학과 졸업(학사)
대만 국립정치대학 중문과 졸업(석사)
대만 국립정치대학 중문과 졸업(박사)
현) 상명대학교 중국어문학과 교수
전) 한국중어중문학회 부회장
   캐나다 UBC(브리티시 콜롬비아 대학) 방문학자
   한국중문학회 회장

*주요논문 및 저서
『蘇州 원림의 景名 연구』
『중국시가여행』
『태산, 시의 숲을 거닐다』외 다수

형산,
시의 산을 오르다

초 판 인 쇄 | 2012년 9월 21일
초 판 발 행 | 2012년 9월 21일

지 은 이 | 심우영
펴 낸 이 | 채종준
펴 낸 곳 | 한국학술정보㈜
주   소 | 경기도 파주시 문발동 파주출판문화정보산업단지 513-5
전   화 | 031) 908-3181(대표)
팩   스 | 031) 908-3189
홈 페 이 지 | http://ebook.kstudy.com
E-mail | 출판사업부 publish@kstudy.com
등   록 | 제일산-115호(2000. 6. 19)

ISBN   978-89-268-3769-6 93820 (Paper Book)
              978-89-268-3770-2 95820 (e-Book)